S c a r l e t

스칼렛

www.b-books.co.kr

Scarlet

스칼렛

www.b-books.co.kr

괜찮지 않은 연애

SCARLET
ROMANCE STORY

괜찮지

않은

연애

라임별
중편 소설

목차

괜찮지 않은 연애 part 1

툭, 하고 펜 하나가 책상 위에서 굴러떨어졌다. 너저분하게 쌓여 있는 것들을 제 기준에 맞게 분류해 차곡차곡 짐을 챙기는 이에겐 그 소음이 차마 귓가로 닿지 않았다.

때문에 우연히 곁을 지나던 다른 이가 바닥에 외로이 자리한 그것을 들어 어깨를 툭, 치며 시야에 온전히 보이도록 내밀었다. 그제야 분주하게 움직이던 양팔이 멈추고 내리깐 시선이 펜으로 가닿았다.

"아. 고마워."

차분하게 빚은 피부, 유난히 새까만 눈동자와 머리칼, 같은 남자임에도 조금은 고개를 들어서 올려다보아야 하는 기다란 키, 게

다가 특유의 낮고 고요한 목소리는 항상 생각해 왔지만 그가 가진 성정과 퍽 잘 어울렸다.

떨어진 펜을 건네받기 위해 목소리의 주인이 별 감흥 없이 손을 뻗자 그의 손에 곧바로 건네주진 않은 채 펜을 이리저리 돌려 유심히 한번 들여다보았다. 그러고는 왼쪽으로 고개를 갸우뚱 비스듬히 기울였다.

"네 거 맞아?"

"어."

조금은 퉁명스럽게 떨어지는 그 대답에 기울어진 고개는 좀 더 각도를 낮추었다. 믿을 수 없어 반문하는 눈동자가 잠시였지만 제법 확장되어 있기도 했다.

"이게?"

목소리 또한 반문하는 눈처럼 높아졌다.

"어."

"와, 너 이런 거 쓰는 거 나 한 번도 못 봤던 것 같은데."

두 부리를 부산스럽게 떨어 대며 제법 귀여운 소리를 내는, 웬만한 사람은 죄다 아는 그 유명한 오리 캐릭터의 머리가 큼지막하게 달려 있는 펜을 들고 대뜸 진실 공방이 벌어졌다.

"굳이 쓸 일이 없어서."

"응? 쓸 거 아니면 왜 샀어?"

직접 산 건가, 아니면 주문? 뭐가 됐든 저 얼굴로 이런 걸 골랐다고 하니 그 그림이 잘 그려지지 않았다.

"받은 거야."

"오, 선물. 누구한테?"

까짓 캐릭터 펜 하나가 뭐라고 이렇게까지 궁금증을 자극할 수가 있을까. 하지만 주워 준 이의 입장에선 충분히 궁금했다. 그야 너무 어울리지 않고 또 어울리지 않으니까.

"후우, 그냥 얼른 내놔."

펜이 인질이라도 되는 것처럼 잡고 놔주지 않기에 하는 수 없이 휙 손에서 빼앗아 들었다. 그러고는 텅 비어 있는 가죽 필통을 꺼내 달랑 그것만 집어넣고 지퍼를 닫았다.

"뭐야, 괜히 궁금하게끔."

"신경 꺼."

그렇게 말을 마치곤 다시금 이것저것 챙겨 넣는 데에 여념이 없었다. 그에 지나던 이가 이번엔 아예 바퀴 달린 의자를 끌고 마땅한 장소를 찾아 엉덩이를 붙이고 앉았다. 펜에 대해 계속 설전을 하려는 의도는 아니었다. 다만, 이참에 궁금했던 걸 묻고자 함이었다.

혼자서 적당히 의자를 두드리며 손장난을 치다가 기회를 엿보았다. 박스 하나를 채우고 뚜껑을 닫는 그때 불쑥 목소리를 들이밀었다.

"야, 심닥."

"왜."

"진짜 이렇게 가는 거야, 너?"

"어."

"마음의 결정에 조금의 변화도 없는 거고?"

"어."

채워진 박스를 내려다 두고 새로운 박스의 뚜껑을 열었다. 책장으로 옮겨 간 그의 손이 다시 분주해졌지만 궁금증이 풀리지 않은 이는 그것에 아랑곳하지 않았다. 의자를 빙그르르 돌려 그가 있는 곳으로 집요하게 시선을 던졌다.

"아니, 대체 왜? 왜 여기를 마다하고 대뜸 한국으로 들어간다는 거야?"

잘 지내고 있는 것 같더니.

"어차피 프로그램 마치면 바로 가려고 했어."

"그러니까 왜. 처우도 여기가 훨씬 좋고, 길 짱짱하게 닦이기도 여기 만한 곳이 어디 있냐고. 안 그래도 아시아계 의사 없어서 외로운데 너까지 떠나면 어떡하느냐고, 나는."

"결국 너 외로운 게 아쉬워서 그래?"

"에이, 그냥 덧붙이자면 그렇다는 거고. 이것저것 다 따져 봤을 때 네 선택이 이해가 안 돼서 그러지."

그는 정말이지 모르겠다는 듯 어깨를 한 번 으쓱해 보였다. 그러고는 아직 할 말을 마치지 않아 문장을 덧붙여 왔다.

"아, 너 간다고 하는 병원 이름이 뭐였더라……. 내가 아는 곳은 아니었는데."

"도경."

"어, 그래. 도경병원. 아니, 너 모셔 가려고 여기저기서 안달 났다고 하던데 왜 그런 곳을 가. 이왕 한국 들어가는 거 대우받을 거 다 받고 가야지."

"은사님이 거기 원장님으로 계셔. NS 필요하다고 마침 연락도 받았고, 또."

"또?"

짐 포장을 위해 쉼 없이 움직이던 손이 잠시 멎었다.

"……모든 이유인 사람이 거기에 있어."

너무 늦지만 않았다면 참 좋을 것 같은데.

"모든 이유인 사람?"

"바쁘니까 도와줄 거 아니면 이만 물러나."

더 이상의 대화가 귀찮다는 듯 손사래를 했다. 듣던 이가 못내 아쉬운 듯 입술을 삐죽거렸지만 어차피 제 알 바가 아니었다.

"후우."

조금이라도 일찍 결정을 하지 못한 게 이제야 후회스러웠다. 미련을 떠는 성격도 아니면서 그간 무엇을 이리도 망설였는지. 차곡차곡 쌓여 있는 박스를 바라보며 고개를 가로로 느릿하게 절레절레 저었다.

짐 정리를 다 마친 후 조금 숨을 돌렸다. 어느새 져 버린 해 때문에 창밖은 땅거미가 내려앉은 채였다. 고단하기도 하고 배가 고프기도 하고 조금 지치기도 했다. 매 끼니를 잘 챙기는 편은 아닌지라 배가 고파도 그저 그러려니, 하면서 지나가기가 일 쑤였다. 음식은 맛을 위해서보다는 그저 주린 배를 채우는 정도로만 생각했고 주린 배를 채우는 정도도 사실 때에 맞춰 잘 이뤄지진 않았다. 그럴 때면 목소리 하나가 어김없이 제 귓가를 때렸다.

'또 밥 안 먹었지? 할 공부도 많고, 잠도 제대로 못 자면서 먹는 거라도 제때 잘 먹어야지. 간단하게라도, 응?'

약속을 정해 놓지 않고 불쑥 나타나는 것을 싫어함에도 불구하고 그렇게 불쑥불쑥 나타나는 걸 이기지 못했다. 대놓고 달갑지 않다는 티를 내도 날아든 목소리의 주인은 생글생글 웃기만 할 뿐 덩달아 시무룩한 표정을 짓진 않았던 것 같다.

'그냥 유부초밥이야. 한 입 거리로 간편하게 먹을 수 있게.'

내밀어졌던 도시락. 어디 가서 사 온 것도 아니고 직접 만들어 온 것이었다. 우물우물 먹으면서 맛있다, 한마디를 하지 않았어도 그녀는 그저 제가 그것을 다 비워 내는 것만으로 족하는 듯 빈 도시락이 될 때까지 옆을 지켰었다.

"……"

딱히 그녀의 손맛이 그리운 것은 아니었다. 그렇다고 해서 음식에 소질이 없었단 말은 아니었고. 다만, 그러한 챙김이 곳곳에 남아 이따금씩 저를 괴롭혀 댔다. 하루 중 언제든지 배가 고프고 끼니때를 놓치면 그때마다 목소리가 날아들었다.

"하아."

의식하지 않아도 이렇게 스며들어 있다는 것. 제가 차마 인지하지도 못하는 사이 너무나 많은 부분을 차지하고 저를 지배하고 있는 것만 같았다.

"······보고 싶다."

관리를 제대로 하지 못해 색이 바랜 폴라로이드 사진 한 장을 들고 그렇게 중얼거렸다. 이게 대체 어떤 감정인지 정의를 내릴 수가 없었다. 누군가를 열렬히 그리워하고, 보고 싶어 하는 이 느낌이 왜 드는 것인지 어째서 이렇게 됐는지 저로서는 생소해 단번에 알 수가 없었다. 다만, 웃고 있는 모습. 이 얼굴이 여태 아른거려 딱 미칠 지경이었다.

기나긴 추위가 언제였냐는 듯 얼었던 대지에 파릇파릇 새순이 돋아났다. 날을 세워 매섭게 몰아치던 칼바람도 어느새 미온을 가진 부드러운 바람으로 바뀌고, 햇살은 나뭇가지 사이사이 파스텔 빛으로 부서졌다.

그래, 바야흐로 만물이 깨어나는 봄이 되었다.

아, 좋다.

온몸을 나른하게 감아 오는 따뜻한 온도를 기분 좋게 느끼며

분홍빛 옷을 입고 양쪽으로 줄을 지어 늘어서 있는 벚꽃나무 길을 걷는 건 이때여야 만끽할 수 있다.

살랑살랑 간지러운 기분에 심장도 울렁울렁 바운스를 시작한다.

으흠, 으흠, 으흐흐으음, 콧노래를 흥얼거리며 흩날리는 벚꽃잎들을 보고 있자니 신선놀음이 따로 없는 듯하다.

아, 자전거라도 하나 타고 있었으면 이 좋은 봄날의 오후를 조금 더 드라마틱하게 누릴 수 있었을 텐데.

"탈래? 이거 2인용인데."

어쩜. 누군가 제 마음의 소리를 읽었나 보다. 뒤에서 들려오는 웬 왕자님의 목소리에 양 볼이 붉어졌다.

이런 낭만적인 야타족 같으니라고.

때마침 넘실넘실 불어오는 바람에 비단결 같은 머리칼이 수줍게 휘날린다. 그렇다면 살짝 귀 뒤로 머리칼을 넘기고 시선은 잠시 땅을 보았다가 천천히 들어 올리며 조금은 놀란 눈으로,

"어머, 저요?"

라며 이 봄날의 썸을 좀 누려 보려고 했건만.

"……?"

깜빡깜빡 두 눈이 믿을 수 없다는 듯 재차 뜨고 감고를 반복했다.

"왜 대답이 없어?"

"너는 시, 심……."

"반갑다, 정애정. 오랜만이네, 그치?"

반갑긴 개뿔. 네가 왜 여기에 있어. 나의 낭만적인 야타족 왕자님은 어디로 사라져 버리고!

"뭐…… 뭐지?"

분홍으로 아름답게 날리던 벚꽃길이 갑자기 모래바람이 부는 황량한 사막길로 바뀐다. 솜사탕처럼 달콤하고 몽글몽글했던 기분은 어느새 서늘해지고 발이 푹, 푹 원하지 않게 자꾸만 아래로, 아래로 가라앉는다.

왜 이래, 갑자기 왜 이러는 거지?

안 돼, 안 돼. 이게 뭐야. 어? 이게 뭐냐고. 안 돼, 이건 있을 수 없는 일이야!

"안 돼에에에!"

탁. 덮고 있던 이불을 힘차게 걷어차고 튕겨 나듯 침대에서 몸을 일으켰다.

꿈속의 상황이 긴박한 일이었음을 온몸으로 느끼듯 가슴이 불안정하게 오르내렸다. 꿀꺽 침을 삼키고 탁상 위에 둔 시계로 시선을 옮겼다.

현재 시각 오전 6시 47분. 헤어진 전 남자 친구 꿈을 꾸다 깨어났다. 그것도 4년 만에 처음으로. 이게 대체 무슨 의미일까.

이름, 정애정. 나이, 서른둘. 직업, 도경병원 홍보마케팅 팀에서 대리로 근무 중. 꿈, 없음. 포부도 없음. 남자 친구? 없. 음. 하

17

루, 하루를 그저 그런 보통날로 연명 중이지만 딱히 근심도 없고 불만도 없다.

그래, 정말 그랬었는데.

[헤어진 전 남친 꿈], [전 남친 꿈 악몽], [헤어졌던 남자가 꿈에 나왔어요.], [몇 년 만에 전 남친 꿈]

꿈보다는 해몽이라고 했던가. 애정은 드라이어로 머리칼을 말리다 말고 비슷한 맥락으로 폭풍 검색을 시작했다.

[헤어진 남자 친구가 잠깐 그리우셨던 건 아닌가요?]

"그립다고? 내가? 설마. 아니, 전혀. 이건 아냐."

[현재 교제하고 있는 애인이 다른 이성에게 유혹당할 수도 있어요.]

"저기요, 현재 교제하고 있는 애인이 있어야 말이죠. 후우, 이것도 아냐."

[현재 사랑받지 못하거나 애정 결핍을 느끼는 상태인가요.]

"나, 참. 그런 거 아니거든?"

[굉장히 고독하고 외로운 무의식을 나타내기도 합니다.]

"글쎄, 다 아니라고. 뭐야, 해몽들이 죄 엉터리잖아."

구구절절 나열되어 있는 글들 중에 어째 마음에 차는 게 하나도 없다. 해몽도 부러 마음에 드는 걸로 골라서 읽자니 더 그런가.

괜히 빈정만 상한 것 같아 애정은 이만 휴대폰을 뒤집었다. 그러고는 아직 물기가 가시지 않은 머리칼을 잡고 드라이어를 다시금 컸다. 귓가에 가까워질수록 시끄러워졌지만 어째 그게 큰 소음으로 와닿진 않았다.

그놈의 꿈이 뭐라고. 깨어난 순간부터 자꾸만 제 머릿속을 복잡하게 뛰어다니니 아주 아침부터 정신이 없다.

이만 출근 준비를 마치고 전신 거울을 보며 매무시를 정돈했다. 머리칼이 이리저리 찰랑거릴 정도로 고개를 가로로 휘젓곤 가방을 다부지게도 잡았다. 하지만 그것도 잠시 고왔던 미간이 신경 쓰이는 일로 인해 금세 구겨졌다.

"하필 꿈을 꿔도 그 자식 꿈을 꿔 가지고."

예상에도 없던 거대한 폭풍우를 맞이한 느낌이랄까.

'반갑다, 정애정. 오랜만이네, 그치?'

"하나도 안 반가워, 심도훈 정말. 하나도."

고국의 향기나 분위기라는 게 따로 있을까. 몇 년 만에 찾은 한국이지만 제일 먼저 저를 맞이한 번잡하고 사람 많은 공항은 피로만 가중시킬 뿐 멈춰서 잡다한 감상이나 늘어놓을 환경이 못 됐다.

"후우."

때문에 컨베이어 벨트에서 짐을 찾아 카트에 하나, 둘 옮겨 담고는 어느 곳 하나 두리번거리지 않고 도훈은 공항을 벗어나기에

급급했다.

밖으로 나서 택시 승강장에서 택시를 잡아 짐을 옮겨 싣고 목적지를 말한 후에야 차창을 내려 한국의 하늘을 흘긋 올려다보았다.

차도를 씽씽 달림에도 볼에 부딪치는 바람이 살을 에일 만큼 춥지도, 그렇다고 영 따뜻하지도 않은 어느 중간 즈음, 한국의 초봄이 이제야 제법 오랜만인 것 같은 생각이 들었다.

'난 말이야, 봄이 제일 좋아. 분홍색 계절이잖아.'

피지도 않은 벚나무의 파릇파릇한 새순을 보고 있자니 문득 생각나는 목소리. 도훈은 아예 차창에 팔을 괴고 스치는 풍경들을 눈에 담기 시작했다.

'벚꽃은 밤에 봐도 예뻐. 한 철인 게 아쉬울 정도로.'

글쎄. 둘이 함께 낮에 벚꽃을 본 적이 있었던가. 그래서 넌 항상 밤에 봐도 예쁘다고 했었나 보다. 이제 와 돌이켜 생각해 보니 그 한 철도 매년마다 함께이지 않았던 것 같다.

한참이나 밖을 바라보다 이만 눈을 감았다. 뭉근한 피로감이 눈꺼풀의 무게를 무겁게 만들었지만 그보다도 언저리에 자리한 목소리를 좀 더 또렷하게 상기해 내기 위함이었다.

'소풍 가고 싶어. 김밥이랑 이런 거 싸 들고.'

'이것 봐. 바닥에 벌써 잎들이 다 떨어졌어. 어제 비가 내려서 더 그런 것 같아. 이제 곧 지겠지?'

그래, 곧 만개할 테고 또다시 언제 그랬냐는 듯 순식간에 지겠지. 그래도 이번엔 꼭 낮에 함께 봤음 싶은데.

Rrrr. Rrrr.

울리는 휴대전화 벨 소리가 상기시키던 목소리를 한 번에 집어삼켰다. 피곤한 눈꺼풀을 들어 올리고 재킷 안 주머니에서 전화를 꺼내어 들고 발신인을 확인했다. 그러고는 혹여 목소리가 잠기기라도 했을까 봐 큼큼 짧게 목을 가다듬었다.

"네, 원장님. 안 그래도 전화드리려던 참이었습니다."

— 어. 들어와도 벌써 들어왔지 않았나 싶어서 말이야. 궁금해서 먼저 걸어 봤어.

"아, 연착 때문에 도착이 좀 늦어졌습니다."

— 그랬구먼. 그래. 먼 길 오느라 피곤했을 텐데 얼른 들어가 푹 쉬고. 집은 어떻게 한다고 했지, 미리 구했다고 했던가?

"네. 바로 들어갈 것 같습니다."

— 그럼 이번 한 주는 정리하느라 정신없겠네.

"네, 정리하는 대로 시간 정해서 곧 찾아뵙겠습니다."

혹여 그사이 심경의 변화가 있는 건 아닐까, 싶어 떠보는 전화라는 걸 모르지 않았다. 다시 한 번 의중을 확고히 한 통화는 길

지 않게 마무리되었고 택시는 여전히 도로 위를 달리는 중이었
다.

"……."

이제 곧 제가 다시금 한국으로 오게 된, 그것도 도경을 선택하
게 된 모든 이유인 사람이 있는 그곳으로 간다.

과연 만날 수 있을까, 너를.

"이제 봄이 오려나 보네."

창밖으로 내민 손끝에서 느껴지는 공기의 촉각과 코끝으로 느
껴지는 바람의 냄새가 사뭇 포근해져 있었다.

거리를 지나다니는 사람들은 아직까지 두꺼운 옷을 입고 있었
다. 조금만 피부를 노출해도 금세 시큰해질 만큼 바람이 쌀쌀했지
만 유정은 개의치 않았다. 양팔을 세워 창틀에 몸을 지탱하고 그
렇게 한참은 서 있었을까, 마침 문을 열고 실내로 들어온 다른 이
가 부러 과장된 목소리를 냈다.

"야, 정 대리! 추워!"

"아, 네."

얼마 전 지독한 독감을 앓고 병가를 낸 후로 아직까지 콧물을
주렁주렁 달고 있는 윤 차장이었다. 유독 잔병치레가 많은 그는 감
기를 앓으면서도 또다시 꽃샘추위에 올 또 다른 감기를 걱정했다.

온갖 건강 보조제가 책상에 즐비하고 뭐가 어디에 좋다더라,
또 다른 건 어디에 좋다더라, 좋은 건 그렇게 챙겨 대면서도 항상

팀 내 건강 최약체를 못 벗어나고 있는 중이었다.

"하여튼 저렇게 골골대면서 남들한테 잔소리는 엄청 해요. 이건 건강에 안 좋은 습관이네, 어쩌네, 하면서."

애정의 옆자리에 앉은 동료가 흘끗 윤 차장 쪽을 보았다가 애정을 향해 소곤소곤한 목소리를 냈다. 그에 애정도 그 말에 동의한다는 듯 고개를 두어 번 끄덕였다.

"그러게. 그런 사람이 여태 제일 많이 아파."

"참. 자기 한국대 나왔지?"

"응."

"이번에 새로 올 NS 한국대라던데."

"그래?"

"듣기론 면접도 거의 형식상이고. 원장님 줄이래."

"그렇구나."

애정은 대꾸를 하는 둥 마는 둥 고개를 끄덕였다. 같은 학교 출신이라고 해서 거기 의사들을 제가 죄 아는 것도 아니고 하물며 저는 의대생도 아니었는데, 동기의 눈빛은 꼭 아는 사람 아니냐는 듯한 눈빛이었다.

"자기 아는 사람 오는 거 아니야?"

거봐라.

"내가 아는 사람이 어디 있어. 신의 손 정도로 유명하다면 모를까."

"하긴, 그렇지?"

"그래."

싱겁지도 않은 대화였다. 애정은 고개를 절레절레 저었다. 한국대 출신 NS. 제가 아는 사람으론 딱 한 명 있긴 하다.

심도훈.

"아, 또."

꿈을 꾼 것만으로도 짜증 나 죽겠는데 하루의 반나절도 지나지 않아 또 이렇게 떠오르고야 말았다. 애정은 잔뜩 미간을 찌푸렸다. 그러자 제 업무를 보기 위해 자세를 고쳐 앉던 동료가 갑작스런 애정의 목소리에 영문을 모르겠다는 듯 눈을 키웠다.

"응?"

"어? 아무것도 아니야. 그냥 잠깐 혼잣말했어."

"왜 그래, 무섭게."

"일 봐, 일."

아무렇지 않은 듯 애정도 자리에 앉아 서류 낱장들을 보기 쉽게끔 제 앞으로 끌고 왔다. 하지만 하얀 건 종이요, 까만 건 글씨로다. 한 번 떠오른 그 이름 세 음절이 뭐라고 금세 집중력이 고갈되었다. 하는 수 없이 의자를 밀고 일어나 탕비실로 향했다.

믹스커피 스틱 하나를 까서 컵에다 붓고 뜨거운 물을 담아 그것을 티스푼으로 휘, 휘 내저으며 밖으로 시선을 던졌다. 여전히 시린 계절. 하지만 얼마 지나지 않아 제가 제일 좋아하는 분홍으로 온 세상이 물들겠지. 그렇게 봄이 오겠지.

'난 봄이 제일 좋아. 오빠는?'

봄을 떠올리다 보니 예고도 없이 훅, 하고 목소리가 날아들었
다. 기억 어딘가에 먼지가 쌓인 채 박혀 있을 것만 같은 대화가
한동안 이어졌다.

'좋아하는 계절 같은 거 없어.'
'왜?'
'어차피 시간 지나면 다 다시 돌아오잖아. 딱히 특별할 것도
없고 때마다 의미 부여할 것도 없고.'
'아무리 그래도……'

좋아하는 계절 하나쯤은 누구나 있지 않나.

'퍽도 감성적이다, 너는.'
'왜, 계절마다 느낌이 다르잖아. 봄은 따뜻하고 여름은 파릇
하고 또 가을은 청명한 데다 겨울이 되면 온 세상이 하얗게 물
들고.'
'그런 소녀 감성은 벌써 졸업했어야 하는 거 아니야?'
'……'

특유의 퉁명스러운 목소리와 별 감흥 없는 눈빛. 좋아하는 음

식이 무엇인지, 좋아하는 색깔이 어떤 것인지 이것저것 궁금해서 물어보려고 해도 언제나 딱히, 딱히, 딱히, 하며 머물러 있던 대답들. 그게 또 뭐라고 쉽게 상처를 받고 또 쉽게 동요가 되어 좋았던 기분을 망치고 돌아선 하루들이 여태껏 남아 있다. 빤히 알면서도 궁금했다. 어떤 대답이 돌아올지 다 알고 있었으면서도 무슨 고집에 그렇게 물어봤을까.

"……."

왜 하필 또 그걸 떠올려 가지고선.

알맞게 잘 어우러진 커피를 들고 애정은 이만 창밖으로 던졌던 시선을 거둬 냈다. 저는 그에게 많은 걸 바란 게 아니었다. 제가 봄이 좋다고 얘기하면 저는 다른 계절이어도 좋으니 그저 언제가 좋다, 하는 것 정도. 제가 매운탕이 가장 좋다고 말을 하면 거창하진 않더라도 그냥 순대, 라고 대답하는 정도. 작은 거라도 대화를 하고 싶었고, 사소한 부분이라도 그 사람에 대해서 좀 더 알고 싶었다.

그렇게 서로에 대해서 알아가는 거라고 여겼는데……. 제가 바란 건 거창하고 대단한 것들이 아니라 그냥 그저 그런 것들이었는데 심도훈 앞으로만 가면 죄 말살이었다.

그런 사람이 뭐가 좋다고.

이렇게 또 꿈까지 꾸게 된 것인지.

"어떻게 사는지 궁금하지도 않아, 정말."

애정은 꼭 치가 떨린다는 듯 혼자 중얼거리고선 그것으로도 모자란지 어깨까지 부르르 잘게 떨었다.

　두 번 다시 엮이기 싫어. 꿈만 꿔도 이렇게 싫은걸.

2

전쟁 같은 출근길. 너도 나도 바쁘고, 시간을 지켜야 하기에 어쩔 수 없이 한꺼번에 몰리는, 사람들이 꽉꽉 들어찬 만원 버스며 만원 지하철은 채 출근하기도 전에 사람의 기력을 죄 앗아 가는 것 같았다.

"잠깐만요, 좀 지나갈게요. 잠깐만요, 내릴게요."

틈을 비집고 비집어 내리는 사람들 속에 섞여 버스에서 내리니 벌써 녹초가 되어 있었다. 옷은 구겨졌고, 머리칼은 그새 엉클어졌다.

절로 나오는 한숨을 푹 내쉬며 드디어 갑갑한 공간에 꽉 들어차 있던 텁텁한 공기가 아닌 탁 트인 곳의 신선한 공기를 좀 더 마시나 했는데 멀찍이 보이는 횡단보도 신호가 곧장 초록색으로 바뀌었다.

"아, 하필."

세월아 네월아, 할 시간 여유는 없지만 어쨌든 다음 신호를 기다렸다 가도 되는 짬 정도는 있었다.

하지만 군중 심리라는 게 생각보다 엄청난 것이어서 건너편에서도 우르르, 이쪽 편에서도 우르르 횡단보도로 나서니 자연스레 마음은 급해졌고, 발에는 거의 자동 반사 수준으로 가속도가 붙어 달리게 되었다.

"후우, 하아……."

17초를 남겨 두고 횡단보도에 입성해 잰걸음으로 건넜더니 오늘 하루치 운동량은 다 채운 기분이었다.

"어? 이게 갑자기 왜 이래."

그렇게 운동 아닌 운동을 하며 사무실 앞까지 잘 와 놓고는 갑자기 사원카드가 말썽이다. 이걸 찍어야 지문도 찍고 그래야 출근 시간이 기록되는데 리더기에 이렇게도 가져다 대 보고, 저렇게도 가져다 대 봐도 제가 여태 들어왔던 그 '삑' 소리는 도통 들릴 줄을 몰랐다.

"뭐지, 뭐가 문제인 거지?"

내가 카드를 대고 있는데 왜 읽지를 못 하니, 왜!

엘리베이터에서 내려 속속들이 도착한 사람들이 제 뒤로 줄을 서기 시작하니 더욱 진땀이 났다.

"저기……."

묵묵히 뒤에서 그걸 지켜보던 사람이 보다 못해 목소리를 냈다. 애정은 식은땀을 거둬 가며 잔뜩 미안한 얼굴로 뒤를 돌아보았다.

"……네?"

"그거 신용카드인 것 같은데."

"네에?"

아니, 그럴 리가요.

제가 지금 신용카드와 사원카드도 구별하지 못해서 여기서 이렇게 민폐 아닌 민폐 짓을 하고 있는 걸로 보입니까? 이건 필히 리더기가 고장인 게 분명하다.

왜냐하면 제가 지금 손에 들고 있는 건, 바로! 어라? 이것은 왜 사원카드가 아닌 것인가.

"아, 이게 그…… 버스에서 내려서부터 계속 쥐고 있었던 거라. 하하, 아 여태 착각하고 있었네요."

거짓말이다. 친히 지갑을 열어 뒤적이다 꺼내 놓고선.

뒤에 서 있는 사람들은 몇 되지 않았지만 쪽팔림은 무수한 무리 앞에 서 있는 것과 다를 바 없었다.

"……죄송합니다."

드디어 제대로 된 사원카드를 가져다 대자 이보다 더 명쾌할 수 없는 승인음이 들렸다. 애정은 고개를 한껏 푹 숙이고 서둘러 사무실 안으로 들어섰다. 자리를 찾아 앉기가 무섭게 긴장이 풀려

후우, 하는 긴 한숨이 나왔다.

"오늘 왜 이러지."

잠도 푹 자고, 여유롭게 집에서 나섰는데 병원 근처로 오자마자 정신이 하나도 없었다.

"아……."

멍하게 보내지 말고 정신 바짝 차리고 보내야지. 뭔가 평소와 다른 일진일 것 같은 느낌적인 느낌이 있으니까.

"여기 홍보마케팅 팀 사무실이 몇 층인가요?"

이것저것 부러 시선을 사로잡게끔 치장하지 않아도, 그 자체만으로도 빛이 날 수 있는 사람들이 더러 있기 마련이다. 바로 지금 눈앞에 있는 이 남자처럼.

요즘 만화를 찢고 나온 남자라고 해서 만찢남이라는 게 유행이던가? 이 사람은 만찢남이라는 수식어로는 좀 부족하다. 흠, 뭐가 어울릴까. 그래! 화찢남인 것 같다. 화보를 찢고 나온 것 같은 남자.

대놓고 빤히 보진 않았지만 어쨌든 아래부터 위로 또 위부터 아래로 감상하느라 질문을 완벽하게 듣지 못하긴 했다. 목소리도 한 번 더 들을 겸, 그윽한 눈동자를 명분 있게 들여다볼 겸, 반문을 했다.

"네?"

"홍보마케팅 팀 사무실을 찾고 있습니다만."

와, 어쩜! 목소리도 완벽하다.

"아, 홍보마케팅 팀. 제가 마침 그쪽으로 가던 길이니까 저 따라오시면 되겠네요. 제가 안내할게요."

몇 층에 내리면 어디쯤 위치해 있다, 정도만으로도 충분할 걸 여자는 살랑거리는 눈웃음을 지으며 친히 남자보다 반걸음 앞섰다. 그쪽에 볼일이라는 것 따위 애초에 있지도 않았으면서 말이다.

"애정 씨."

"……"

"정 대리?"

"……"

"정애정 대리!"

"어? 아, 응."

한 사람을 세 번이나 그것도 각각 다르게 호명을 한 후에야 그 장본인인 애정이 정신을 퍼뜩 차렸다. 저를 부르는 소리에 뒤늦게 화들짝 놀라 옆을 보니 언제부터 있었던 건지 팀 동료가 의아한 표정으로 그녀를 보며 서 있었다.

"어디에다 정신을 그렇게 팔고 있는 거야, 대체?"

바로 코앞에서 이렇게 불러도 못 듣고 말이야.

"아, 미안해. 나도 모르게 잠깐 딴생각을……."

"뭐야. 뭔 생각을 그렇게 골똘히 하기에. 점심 안 먹을 거야?"

"응?"

점심이라니? 그제야 사무실에 빈자리들이 하나, 둘씩 애정의 눈에 들어왔다. 그렇게 주위를 둘러보는 지금도 분주하게 한산해지고 있는 중이었다.

아, 벌써 시간이 이렇게 됐구나. 애정은 벽에 걸린 시계를 한번 흘끗 보았다.

"일어나, 점심 먹으러 가자."

"아…… 유미 씨 다녀와. 난 오늘 밥이 별로 안 끌려서."

"왜? 밥이 왜 안 끌려. 사람이 밥심으로 일을 해야지! 가서 맛있는 거 먹자."

그래 봐야 구내식당으로 갈 거면서 유미는 마치 대단한 맛집이라도 데려갈 것처럼 초롱초롱한 눈을 했다.

"나 아까 오는 길에 샌드위치 사 왔는데 그거 먹으려고 해."

"아, 그래? 정말 후회 안 하겠어?"

아까 사 왔던 샌드위치라면 유미도 잘 알고 있었다. 양이 얼마 되지도 않는 그 조그마한 빵 쪼가리. 그녀는 고개를 절레절레 흔들었다. 제 사전에 그런 빵 쪼가리는 간식이 될 순 있어도 절대 주식이 될 순 없었기 때문이다.

"응."

하지만 애정은 달랐다.

"알았어, 그럼 다녀올게."

"응. 식사 맛있게 하고 와."

애정을 향해 미련 없이 고개를 끄덕이고서 유미는 점심시간이 되면 항상 그랬듯 비장한 표정으로 사무실 문을 열어젖혔다. 그녀가 떠난 쪽을 한 번 물끄러미 보았다가 다시금 사무실을 둘러보니 어느새 조촐하게 저 혼자만 남은 애정이다.

"아휴."

딱히 입맛이랄 게 없어서 샌드위치도 끌리지 않았다. 하지만 배는 고프다고나 할까. 텅텅 비어 있는 위장이 우렁차게 울며 음식을 달라고 아우성이라 도무지 더 앉아 있을 수도 없었다.

이만 샌드위치를 들고 애정 또한 자리에서 일어났다. 빨리 끼니를 때우고 정신이 개운해지도록 후식 커피나 한잔해야지, 하면서.

"여기가 홍보마케팅 팀 사무실이에요. 그런데 점심시간이라 다들 자리 비운 것 같은데, 급한 볼일인가요?"

요청하지도 않았던 과도한 친절로 인해 여차저차 사무실 앞까지 함께 다다랐다. 길을 안내해 주기에 앞서 본인도 볼일이 있다고 하지 않았던가. 잠자코 안내를 받았던 이가 그 말에 짧게 의문을 품었다가 거두었다, 그러고서 이미 텅 비어 있는 사무실을 제 눈으로도 확인하고 도훈은 이만 고개를 가로로 내저었다.

"아닙니다. 제가 이따가 다시 들르면 되니까요. 어쨌든 여기까지 동행해 주셔서 감사합니다."

"뭘요, 어려운 일도 아닌데. 혹시 뭐…… 더 궁금하다거나 알려 드려야 할 건 없나요?"

"네, 없습니다. 저 때문에 괜히 시간 할애하셨을 것 같은데 먼저 가 보셔도 됩니다."

도훈은 일부러 길을 터 주는 시늉을 하며 여자에게서 반걸음 물러섰다. 하지만 저쪽에서는 오히려 그런 호의에 손사래를 했다.

"네? 아, 아뇨. 시간을 할애하다뇨. 이 외에 더 용건 있으시면 아까 2층 중앙 데스크 있죠? 그리로 오시면 돼요. 제 자리가 거기 거든요."

"네, 그러겠습니다. 그럼 실례 많았습니다."

뭐가 그리 아쉬운 건지 좀처럼 발을 떼지 못하던 여자가 하는 수 없이 도훈의 묵례에 저 또한 가볍게 고개를 한 번 숙인 후 먼저 등을 보이고는 저벅저벅 복도 끝으로 사라졌다. 그제야 도훈은 죄 자리를 비워 고요한 사무실을 한 번 더 훑어보았다.

[대리 정애정]

자리마다 붙어 있는 이름표 때문에 구태여 샅샅이 뒤져 보지 않아도 제가 여기서 만나고 싶은 사람의 빈자리를 바로 찾을 수 있었다. 저마다 일어난 방향을 따라 멈춰 있는 의자들 중에서 책상 안으로 곱게 들어가 있는 의자는 자리 주인의 변함없이 여전한 습관을 보여 주는 것 같았다.

"……."

참 희한했다. 부재중인 주인의 빈자리를 보면서도 쓸쓸하거나 씁쓸하기보다는 오히려 안도감이 밀려들었다. 피식, 하며 입매 끝으로 그 안도를 방증하듯 미소가 흘렀다.

하, 제대로 찾아왔긴 했구나.

도훈은 다시 한 번 눈짓으로 이름표에 적힌 이름을 곱씹어 마음속으로 읊었다.

정. 애. 정.

몇 분간 가만히 서 있기만 하다 이내 방향을 틀었다. 자리를 확인했으니 더 적당한 때를 맞추어 다시 찾아오면 되겠다, 싶어서였다.

줄지어 있는 사무실들을 하나, 둘 지나쳐 엘리베이터를 타려다 에스컬레이터가 편하겠다는 생각에 코너를 꺾었다. 그러자 보이는 직원들의 휴게실. 닫힌 유리문 너머로 자리를 차지하고 있는 한 사람이 곧장 눈에 들어왔다. 사람을 완벽하게 식별해 낼 만큼 가까운 거리는 아니었지만 이 정도여도 저 한 사람이 누구인지 알아내기엔 충분했다.

의도하지 않아도 바라면 이뤄질 타이밍이라는 건 이래서 참 귀신같기도 했다.

"밥을 먹어야지. 빵 가지도 되냐, 어디."

점심시간이 다가온 것도 몰랐던 만큼 생기라곤 조금도 없는 낯빛으로 정신을 어디 머나먼 곳에 둔 사람처럼 반나절을 보냈다. 그에 걸맞게 입맛이 없다며 함께 식사를 나서잔 동기도 마다했었는데 웬걸, 그랬던 사람과 동일 인물이 과연 맞나 싶을 만큼 네

조각의 샌드위치를 눈 깜짝할 새에 한 조각으로 줄이고 있던 와중이었다.

휴게실 안으로 사람이 들어오는 기척 같은 건 조금도 느끼질 못했는데 예기치 않게 훅 끼치는 타인의 음성에 애정은 저도 모르게 어깨를 흠칫 떨었다.

"이건 그냥 빵이 아니라 샌드위……"

치인데요.

조금 놀라긴 했어도 의구심 같은 건 아예 없었다. 그저 식사를 조금 빨리 마무리하고 올라온 동료 중에 한 명이겠지, 싶어서 목소리가 들린 쪽으로 몸을 틀었다. 입 새로 나가던 대답이 너무나 익숙한 패턴이었다는 걸 인지하기까진 비록 수 초가 걸렸지만 말이다.

"……?"

뭐지? 지금 눈앞에서 보고 있는 게 정녕 사람이 맞나?

"무, 뭐……."

양팔을 꼬곤 삐딱하게 기대어 선 채 제 쪽을 바라보고 있는, 이 병원에서 처음 본 이의 등장이 웬일인지 낯설게 느껴지지 않았다. 누구냐고 물어보면 신상까지 줄줄이 읊을 수 있는 너무나 익숙한 낯이라서 그럴까.

하.

거짓말.

꿈을 꾸었던 건 벌써 일주일도 지난 일인데, 어째서? 왜?

"……."

아무리 그래도 이렇게 환영으로까지 나타날 필요가 있나.

아니겠지?

"설마."

혹여나 싶어 애정은 들고 있던 마지막 샌드위치 조각을 이만 내려 두고 자유로워진 양손으로 눈을 비볐다.

"말도 안 돼."

잠시나마 뿌옇게 흐려졌던 시야가 곧장 맑아져 다른 사물들이 죄 뚜렷했다. 제 앞에 서 있는 사람 또한 뚜렷하기는 매한가지였다. 심지어 저를 향해 구겨지는 미간이 제법 선명하기까지 했다.

"설마, 뭐가 말이 안 되는데?"

다시 한 번 공간을 울리는 육성이 어디 하나 삐끗하거나 꺾이는 데 없이 너무나 맑았다.

하, 이럴 수가.

"……."

애정은 제가 보고 있는 사람이 환영이 아니라는 걸 완벽하게 알아차린 그 후로 아무런 대꾸를 하지 못한 채 아까 내려 두었던, 한입 크기로는 조금 크다 싶은 샌드위치의 남은 조각을 일부러 한 번에 우걱우걱 욱여넣었다.

"뭘 그렇게 한꺼번에 먹어? 내가 달라고 할까 봐 그래? 이쪽은 뺏어 먹을 생각도 없는데."

빤히 제가 저를 알아보았다는 걸 알고서 용케도 말을 걸어왔지만 애정은 들은 체도 하지 않았다. 그저 음식 씹는 소리만이 대답을 대신한다는 듯 휴게실 내에 울려 퍼질 뿐이었다.

"⋯⋯."

턱관절에 윤활유를 넣은 것처럼 열심히 씹어 대도 입 안을 가득 채운 크기가 좀처럼 작아질 줄을 모르자 이번엔 아예 억지로 꿀꺽 삼켜 버렸다. 누구 보라는 듯 오기와 반항이 다분히 묻어난 행동이었다.

"큽⋯⋯ 컥!"

덕분에 음식의 과도한 주입으로 놀란 식도가 꽉 막힌 것처럼 아파 와 주먹으로 가슴을 두어 번 두드려 줘야 했고, 기도를 트기 위한 기침을 서너 번은 토해 내야 했다.

"거봐라. 빤히 탈 날 걸."

상대방은 마치 그럴 줄 알았다는 듯이 애정을 보며 혀를 얕게 끌끌 차는 걸 잊지 않았다.

세상에.

방금 제가 뭐라고 들었더라? 탈이란다, 탈. 이까짓 음식으로 탈은 무슨 탈. 지금 네가 내 눈앞에 있다는 게 탈이라면 또 모를까.

무어라 대꾸조차 하지 않고 애정은 의자를 밀고 일어났다. 어디 한번 당해 보라는 식으로 대놓고 무시를 하는 격은 아니었지만 어쨌든 눈길 한번 도훈에게로 닿지 않았다. 일어난 애정은 긁어모은 쓰레기들을 쓰레기통에 탈탈 털어 버렸다. 그러고 나서 문쪽을 보니 떡하니 그 앞을 차지하고 서 있는 이 때문에 출입구가 꼭 통과해야 할 관문처럼 다가왔다.

아⋯⋯. 이 휴게실은 왜 출입문이 저거 하나뿐일까. 다른 곳은 앞으로, 뒤로 두 개는 만들어 두던데.

"후우."

나지막이 한숨을 쉰 애정이 하는 수 없이 고개를 잔뜩 숙인 후 두 주먹을 불끈 쥐었다. 제가 예상한 시나리오대로라면 빛보다 빠른 속도로 아주 잽싸고 날래게 저 문을 나가는 것이었다. 그래, 순전히 예상 시나리오만 그러했다.

"야, 정애정."

단순히 저를 부르는 목소리 하나에도 오랜 감각들이 꼭 그것을 기억이라도 하는 양 죄다 살아나 반응을 하는 것만 같았다. 게다가 멀리서도 아니고 이렇게 가까이서 들으니 더더욱.

"⋯⋯."

지난 세월이 얼만데. 그러한 세월이 우스우리만치 무슨 자동 반사라도 되는 양 멈춰 버리는 두 발이 참으로 싫었다. 옆통수에도 눈이 달린 건 아니라지만 옆에 있는 도훈이 어떻게 저를 보고 있을지 굳이 확인하지 않아도 빤했다. 언제나 그랬던 것처럼 팔짱을 끼고 서선 두 뼘이나 아래에 있는 저를 특유의 무심하고 마음에 안 드는 눈길로 쳐다보고 있겠지.

"대답, 안 해?"

아니나 다를까. 몸을 틀어 마주한 그의 모습은 어쩜 예상과 한 치의 어긋남도 없었다.

하, 진짜.

심도훈은 그렇게 제자리에 선 채로 손가락 하나 까딱하지 않고, 한 발짝도 어디를 향해 움직이지 않은 채 저를 멈추게 할 수 있었다. 이래라면 이렇게. 저래라면 저렇게. 이러한 사실에 괜한 짜증이 솟구쳤다.

때문에 가자미눈을 하고 그를 올려다본 애정의 입에서 좋은 말이 나갈 리는 만무했다.

"이거 지금…… 실화야?"

이제야 겨우 한마디 듣게 된 애정의 목소리지만 도훈에게 어째 반가운 문장은 아니었다.

"뭐?"

"네가 어떻게 여기 있어?"

그 물음에 곧장 답을 하지 않고 도훈은 제 손목에 둘러진 시계를 한 번 스윽 보았다. 그러고서 입술을 열었다.

"내가 여기 문 열고 들어와 있던 십삼 분 동안 한사코 투명 인간 취급이더니 이제야 고작 한다는 말이 그거야? 게다가, 네가?"

무려 4년 만에 만나서 하는 인사치고는 그리 유쾌하진 않은데.

"참나."

잠깐 땅을 향해 시선을 내렸던 애정이 휙, 하고 노려보듯 다시금 옆을 올려다보았다.

번지르르한 얼굴은 여전히 반반했다. 너무 반반해서 배가 아플 만큼 말이다. 시원시원하니 훤칠한 키는 또 어떻고. 언제나 곁에서 맴돌던 기분 좋은 섬유 향도 변함이 없었다.

아, 진짜 심도훈이구나. 빼박, 반박불가.

"어이가 없네."

한숨을 내쉬듯 애정 혼자 낮게 흘린 말이었지만 바로 옆에 서 있는 도훈에게 들리지 않을 리 만무했다.

"그것도 그다지 반갑지 않은 말이고."

"어떻게 여기 있는 건데, 대체? 왜 여기 있는 거야, 네가?"

"또 네가, 라고 그러지? 어? 말끝마다."

"왜 여기 있는 거냐고 물었잖아."

"볼일이 있어서."

"볼일?"

"어."

볼일이라니. 지금 여기에서? 볼일이랍시고 찾은 곳이 어떻게 제 사무실이 있는 층의 직원 휴게실일까. 애정은 기가 차다는 듯 코웃음을 흘렸다.

"하필 여기 휴게실에 볼일이 있다고?"

"어."

"그래? 그럼 볼일 봐."

평소와 같았으면 이 즈음에 다들 식사를 마치고 하나, 둘 휴게실을 찾을 텐데도 불구하고 오늘따라 웬일인 건지 여태 다른 이들의 방문이 없었다. 때문에 도훈과 대치를 하고 있는 이 상황이 더욱 저를 옥죄는 듯 갑갑해진 애정이었다. 그녀는 그렇게 말을 남기고 이만 나서려고 했지만 그것마저 그리 쉽지 않았다.

"의자 많은데 앉아서 잠깐 얘기 좀 해. 네가 내 볼일이야."

도훈은 텅텅 비어 있는 테이블과 의자들을 손가락으로 빙 두르듯 짤막하게 가리키며 말했다.

"나는 너랑 할 얘기 같은 거 없어."

그런 게 어떻게 남아 있겠어.

"정애정."

"……."

참 딱딱하게 들렸다. 그렇게 딱딱하게 들리는 세 음절의 제 이름이 뭐라고 또다시 걸음이 멈칫했다. 아, 진짜.

"차였던 건 난데 네가 왜 신경질이야?"

그는 정말 이해할 수 없다는 투였다. 그래, 헤어지자고 했던 주체는 그가 아니라 저였다. 제가 그렇게 말을 한 게 맞았다. 그럼에도 불구하고 이런 식으로 나오는 게 저로서는 이해할 수 없었다. 왜 헤어지자고 했는지, 왜 그럴 수밖에 없었던 건지 조금도 그는 생각하지 않는 듯 보였다.

"하, 뭐라고?"

"가자미눈을 해도 내가 해야 맞는 거 아닌가, 네가 아니라. 오랜만에 보는 건데 너무 팍팍하다, 정애정."

"……."

"또 대답 안 하네."

도훈은 여전히 제자리였다. 꼬고 있던 팔짱도 풀지 않은 채로 말이다. 그런 도훈을 보자니 덥고 갑갑한 숨이 속에서부터 흩어져 애정은 제 앞 머리칼을 거칠게 쓸어 넘겼다. 그러고는 비스듬히 서 있던 몸을 틀어 아예 도훈과 마주 보도록 자세를 고쳤다.

"가타부타 앞뒤 없이 갑자기 불쑥 나타나선, 그럼 내가 뭐 반가운 척이라도 해야 해? 그것도 4년 만에?"

"그랬으면 좋겠는데, 나는."

안 그럴 이유도 없고.

"……뭐?"

"나 여기 NS 제의받고 이미 원장님 뵙는 것도 끝났어. 자세한 건 차차 얘기를 나눠 봐야 하겠지만 결론 내렸어. 제의 받아들일 생각이야."

도훈의 이 말에 문득 며칠 전 원치 않게 꾼 꿈이 떠올랐다. 이런 걸 예고하는 꿈이었나? 얼마 전 동료가 새로 올 NS가 한국대 출신이라며 귀띔을 했던 것 또한 함께 상기되었다. 하필 순조롭지 않았던 오늘 오전의 일진은 또 어떻고. 이제는 갑작스런 만남으로 인해 제 소중한 점심시간도 망치고 있는 중이었다.

애정은 잠깐 짧게 숨을 고르고 도훈이 했던 말을 곱씹어 보았다.

그러니까, 심도훈 네가, 여기서, 일을 한다고? 다른 곳도 아니고 나랑 같은 병원에서?

"……거짓말."

재회를 한 바로 지금이 이 정도인데 앞으로 매일매일을 이 얼굴과 부딪칠 생각을 하니 오늘을 시작으로 대체 얼마나 많은 날을 망쳐야 하는지 계산이 잘 되질 않았다.

"그래? 거짓말 같아?"

"어."

"거짓말 아닌데. 정 뭣하면 직접 확인이라도 해 보든가. 아니면 당장 내가 확인시켜 줄 수도 있고."

어깨 한 번 으쓱.

"기가 차서, 정말."

"……."

"적어도 네가 양심이라는 게 있으면 제의가 있든 없든 아니…… 그냥 뭐가 됐든 거절해야 정상 아니야?"

"내가 왜."

여전하다 못해 한결같다. 그래서 헛웃음조차 나오지 않았다. 남은 다다다 쏘아붙여도 아무것도 모르겠다는 태연한 표정으로 떨어지는 대답이었다.

"왜라니? 그걸 진짜 몰라서 묻는 거야?"

"어."

"내가 여기서 일하잖아. 너랑 상관없이 먼저 잡은 직장이라고 여기가."

"알아. 하지만 그렇다고 나한테 온 제의를 거절할 수는 없지. 그건 그거고, 이건 이건데. 안 그래?"

"재고해 볼 순 있잖아, 적어도. 그런 척이라도 좀 해 볼 수 있지 않아?"

사람이 어쩜 또 제멋대로, 무조건 본인 마음대로.

"그럴 생각 없어."

그렇게 말을 마치고 손목시계를 한 번 흘끗 본 도훈이 이만 기대고 있던 몸을 바로 해 애정의 가까이로 더 다가가 섰다. 얕은 숨소리마저 크게 들릴 것만 같은 거리에서 그는 친히 고개를 숙여 제 아래에 있는 애정과 시선을 나란히 맞추었다. 그러고는 미소를 걸친 입술로 애정의 귓가에 한껏 속삭이듯 목소리를 냈다.

"앞으로 자주 보자, 정애정."

그녀의 어깨 위로 툭, 툭 도훈의 손길이 닿았다가 떨어졌다. 그 순간 애정의 눈이 보다 더 동그랗게 커졌다.

뭐, 뭐시라?

잔뜩 열이 오른 얼굴로 대꾸를 하기도 전 이미 제 할 말은 끝났다는 듯 저만치로 성큼성큼 멀어지는 그를 보며 잠깐 멍한 표정으로 서 있었다. 구둣발 소리가 작아지다 못해 온전히 사라지자 그제야 퍼뜩 정신이 들었다. 이미 사라지고 없는 그가 멀어진 방향으로 몸을 잔뜩 빼고 발을 동동 굴렀다.

"야, 심도훈! 너 오기만 해! 진짜 오기만 해 봐, 어디!"

간간이 복도를 지나고 있던 사람들이 애정의 우렁찬 외침을 듣고 깜짝 놀란 눈을 했다. 그 외침을 들어야 하는 사람은 모습을 감춘 지 오래인 것 같았지만, 실은 코너를 돌아 진즉 걸음을 멈추고 있는 채였다.

"……."

참 다행스럽게도 변한 게 없다. 저에게 외쳤던 그 소리를 다시 한 번 속으로 곱씹으며 도훈은 조용히 고개를 가로로 느릿하게 저었다.

글쎄. 너 때문에 오는 거라서 그건 못 들어주겠는데.

3

해를 몇 번 넘기고 또 같은 계절이 찾아왔다, 떠나갔다, 하는 것을 반복하는 사이 자연스레 옅어진 감정이었다. 아니, 사실은 그렇게 지워 내고 도려내기 위해 갖은 애를 쓰며 보낸 시간이었다. 그런데 그 모든 노력의 결실이 이렇게 허무하게 맺어지다니.

그날 휴게실에서 그렇게 예고도 없이 마주친 이후로 애정은 몇 날 며칠을 설마 하는 마음으로 실낱같은 희망일지라도 제발 아니길 바라고 바라며 지내 왔다. 하지만 그런 마음은 도훈의 이력과 함께 사진이 큼지막하게 박힌 현수막이 병원 곳곳에 걸림으로 인해 와르르 무너지고 말았다.

"……."

정녕 이게 사실이란 말인가.

"……아, 믿을 수 없어."

두 눈으로 보고 있어도 현실감이 없다고나 할까.

뭐가 이렇게 일사천리인지. 제 마음은 그 어떠한 준비도 안 됐는데 병원은 벌써부터 그를 맞이할 준비가 한창이었다.

"얼마나 걸고 있을까, 저거."

대체 언제쯤 내려지지?

과장을 좀 보태어 대문짝만 한 현수막 때문에 아직 정식으로 출근을 하지 않은 도훈임에도 불구하고 애정은 원하든, 원하지 않든 매일을 그의 얼굴을 보며 하루를 맞이해야만 했다.

건물 외벽에만 걸려 있다면 차라리 다행이지. 병원 안으로 들어서면 또 안으로 들어서는 대로 더 가관이었다. 로비에 바로 보이는 가판대부터 시작해 병원 홈페이지는 물론이고 복도까지. 그야말로 여기도 심도훈, 저기도 심도훈. 요리 보고 저리 봐도 죄심도훈뿐이었다.

"하아……."

한낱 이미지일 뿐인 심도훈이 아니라 이제 곧 진짜 실물 심도훈도 이 병원을 활보하기 시작하겠지. 생각만으로도 모래알을 삼킨 것처럼 입 안이 텁텁하기 그지없었다.

한껏 호선을 그리고 있는 미소는 휴머니즘 가득한 의사인 양퍽 친절하고 다정해 보이기까지 했다. 애정은 도무지 그냥 지나칠수가 없어서 가판대 앞에 멈춰 서서 으르렁거리듯 사진 속 그에게 말을 걸었다.

"이봐, 심도훈."

돌아올 대답이랄 게 없는 그의 얼굴을 보면서 애정은 무언가 대단한 작정이라도 한 사람마냥 머리칼을 거칠게도 쓸어 넘겼다.

"좋은 말로 할 때 그만 웃어."

이를 앙다물고 낮은 목소리를 냈지만 사진 속의 미소는 변함이 없었다, 당연히.

"대체 뭐가 좋다고 이렇게 웃고 있어, 너는? 어? 대체 뭐가 좋아서 이렇게 웃고 있느냐고."

어떻게 이렇게 웃는 얼굴로 매일, 매일을 나를 보고 있느냐고, 너는.

"……."

너라는 사람을 온전히 잊어 내기까지 내게 걸린 시간이 족히 얼만데. 그 무수한 시간을 어떻게 버텼는지 알지도 못하면서 너는 이렇듯 웃고 있지.

"너무하잖아."

이제 와 겨우 괜찮아지나 했던 일상이다. 너 없이도 충분히 잘 돌아가고 있던 삶이었다. 모든 것들이 순조롭게 또 평화롭게. 그런데 네가 돌아왔다. 그 어떠한 예고도 없이 이렇게 불쑥, 갑자기.

평정을 찾고 괜찮았던 제 일상이 너무나 허무하게 무너져 내리려 하고 있었다. 한숨이 연거푸 입술 사이로 흩어졌다. 별 굴곡 없이 보통이었던 하루들이 순식간에 엉망이 되는 게 어째서 이렇게 쉬울까. 세월이 그만큼이나 지났는데 어째서 이렇게 간단한 거지?

다른 누구도 아닌 심도훈 때문에, 그 하나 때문에.

"그러니까 웃지 마."

웃으면 안 돼, 너는.

"애정 씨, 거기 서서 뭐 해?"

말 한마디 없는 가판대 앞에 서 가지고 혼자서 미친 짓 아닌 미친 짓을 하고 있자 마침 곁을 지나던 동료가 애정을 알아보고 다가왔다.

"응?"

"약력 외우기라도 해? 아니면 애정 씨도 가판대 속으로 들어가고 싶을 만큼 푹 빠졌어?"

"그게 무슨 소리야, 푹 빠지다니?"

그렇게 말을 하며 애정은 불쾌하다는 듯 제 이맛살을 팍, 구겼다.

"병원 난리잖아, 새로 오는 심닥 때문에."

"난리씩이나?"

"솔직히 이 비주얼이 흔한 비주얼은 아니지. 게다가 이 스펙도 흔한 스펙은 아니고. 원장님 정말 대단하시지 않아? 어쩜 이런 닥터를 데려왔지?"

"……."

애정의 옆에 나란히 선 동료도 가판대를 아래위로 훑으며 고개를 느리게 끄덕였다.

"이야. 자기도 알지? 내가 진짜 웬만해서는 잘생겼다는 말 안 하는데 인정이야. 출근이 기대된다. 실물 정말 궁금하거든. 설마 사진보다야 못하겠어?"

"글쎄, 못할 수도 있지 않을까."

실물이 영 더 별로라거나, 그럴 수도 있지. 얼굴에 비해 성격이 아주 개차반이라거나 할 수도 있는 거고.

마지못해 대꾸를 해 주었지만 동료의 귓가엔 잘 들리지 않을 만큼 작은 목소리였다.

"중얼중얼 혼잣말 그만하고 얼른 들어가자. 가던 길이지?"

"응."

봐. 겨우 너 하나 돌아온다고 며칠 만에 이렇게 내가 엉망이다. 고작 너 때문에, 너란 사람 하나 때문에.

"정 대리. 요 며칠 왜 이렇게 힘이 없어?"

국을 떠먹는 것도 아니고 그렇다고 안에 있는 건더기를 골라내는 것도 아니고. 느닷없이 반찬 투정을 하는 것도 아니면서 숟가락으로 국 안을 헤집는 애정을 보며 그녀의 사무실 옆자리 유미가 퉁명스레 말을 붙였다.

"그거 알아, 유미 씨? 맷돌의 손잡이를 어이라고 한대. 맷돌을 돌려 콩을 가는데, 어? 맷돌의 손잡이가 없는 거야. 콩을 갈아야 하는데 대체 맷돌을 어떻게 돌리겠어, 그치? 그래서 그런 말이 생겼대. 어이가 없네. 지금 내 기분이 딱 그래. 어이가 없네."

"이왕 따라 하려면 제대로 해. 눈썹도 좀 꿈틀거려 가면서, 어? 목소리 변조도 시도해 보고. 방금 건 영 별로였어."

게다가 맷돌로 콩을 가는 상황도 아닌데.

애정은 국을 휘젓던 숟가락을 이만 내려 두고 나지막이 한숨을 쉬었다. 그러면서 한 번 더 말을 했다.

"하, 정말…… 주옥같은 명대사야. 더 이상 어떻게 표현할 수 없는 내 심정을 너무나 잘 나타내 준다고나 할까? 어이가 없네."

"그러니까 뭐가."

어이가 없다고 떠드는 애정이 진심으로 궁금하진 않았지만 예의상 대꾸를 해 주며 애정의 맞은편을 차지한 유미는 우걱우걱 오늘의 특식으로 나온 수제 소시지를 입 안으로 밀어 넣었다. 여차하면 애정이 남겨 둔 것 또한 제 몫으로 먹을 참이었다.

매일을 밥맛이 꿀맛이라던 그녀의 철칙에 따라 참 복스럽게도 잘 먹고 있는 유미였다. 그런 그녀와 달리 진즉 입맛이 떨어진 애정이 젓가락으로 대충 제 대각선 위를 가리켰다.

"저거."

입 안에 있는 음식을 우물거리며 유미가 애정의 젓가락이 가리키는 방향을 눈짓으로 따라갔다. 그러고는 양 볼에 가득 채웠던 걸 겨우 정리하며 서두를 뗐다.

"심도훈 선생?"

끄덕끄덕.

"어머나. 원장님이랑 이사장님이 엄청 공들여서 데리고 온 닥터라고 하잖아. 이미 소문 파다하던데, 뭘. 그런데 정 대리가 무슨 상관이라고 그 결정에 어이가 없니, 마니 해?"

"아니, 아무리 생각해도 저 약력에…… 우리 병원 예산이 심 닥터를, 어? 모셔올 정도로 엄청나? 아닐 거잖아. 안살림 다 거덜 내면서 연봉 협상 보고 데려왔을 것 같은데."

"그런가?"

"그리고 세상에 유능한 의사가 그 사람 하나도 아니잖아. 그런데 뭘 또 그렇게 공을 들여 가면서 데려왔대?"

당최 이해가 안 돼. 이러니 내가 어이없다는 거야.

"이봐, 애정 씨."

"……응?"

"아까부터 헛소리 그만하고 밥이나 마저 먹어. 아주 귀중한 점심시간이라고. 그렇게 애먼 데 에너지 소비하지 말고."

유미는 턱짓으로 아직 한참이나 남은 애정의 식판을 가리켰다.

"후우, 그래."

가십거리가 발에 치일 정도로 넘쳐 나는 게 사회라지만 병원은 그 정도가 더하면 더했지 절대 덜하진 않았다. 유미의 좋은 점이 여기서 돋보이는 게 하나 있는데 그게 바로 소식엔 빨라도 가십

거리엔 전혀 관심이 없다는 것이었다. 외과병동에 새로 온 간호사가 이랬니, 거기 레지던트랑 어떤 사이니, 어제 중환자실에 들어온 보호자가 어땠다느니 모두들 입을 모아 한참을 떠들어 대는 얘기가 있어도 그녀에겐 굳이 곱씹어 댈 정도로 흥밋거리가 되질 않았다.

고로 본인 아닌 남의 얘기, 특히나 다른 사람의 사생활과 관련된 말에는 애초부터 귀를 기울이지 않았다. 그래서 무언가 있을 때마다 털어놓기가 좋았다.

바로 그런 유미였는데 웬일인지 유미는 애정이 가리켰던 알림판에서 눈을 떼지 않았다. 약식으로 적혀 있는 도훈의 소개를 쭉 읽어 보다 무언가 발견했다는 듯 눈동자를 잠깐 키우더니 마주 앉은 애정에게로 시선을 옮겼다.

"어? 그러고 보니 애정 씨도 같은 학교 나왔지 않아? 한국대. 심도훈 선생 한국대 의대 나왔네."

"응? 아, 그래. 뭐, 그러네."

대학교에 졸업자가 몇인데 같은 학교 출신일 수도 있고 그렇지 않을 수도 있고, 뭐. 그다지 이슈가 될 만한 사실이 전혀 아님에도 불구하고 괜히 뜨끔했다. 아니나 다를까.

"아는 사람이구나."

라고 대꾸를 하는 유미에 애정의 눈이 동그랗게 커졌다.

"……으응?"

"모르는 사람을 그 정도로 싫어진 않을 테니까. 모르는 사람

소식에 그렇게 일일이 반응을 하지도 않을 거고."

어이가 없네, 마네, 하면서.

"아⋯⋯."

학교가 얼마나 큰데 어떻게 그 사람을 알겠느냐며 충분히 둘러댈 수도 있었는데 웬일인지 바로 말이 안 이어졌다.

이 사람이 오늘따라 갑자기 남의 이야기에 왜 저렇게 예리하게 대꾸를 할까. 순간의 판단 미스다. 괜히 말을 꺼냈다가 애정은 진땀을 빼는 중이었다. 이 이상 자세히 물어 오면 어쩌지? 한 차례 막혀 버린 말문에 딱히 무어라 둘러대야 좋을까.

땀이 삐질삐질 나왔다. 잔반이 얼마나 되었든 눈에 들어오지도 않았다. 식사하는 법을 잠시 까먹었다고 해도 틀린 말이 아니었다.

"여하튼 애정 씨 하나 때문에 이제 와 무산될 일 아니니까 괜히 열 내지 말고 어서 먹기나 해. 커피는 밖에서 마시는 걸로 하고. 어때, 콜?"

아, 후우⋯⋯ 그럼 그렇지. 금세 유미의 관심은 저에게서 후식 커피로 옮겨 갔다. 들리지 않게 안도의 한숨을 내쉬며 아까 놓았던 숟가락을 다시금 고쳐 쥐었다.

"응, 그러자. 커피는 밖에서 마시는 걸로, 하하."

외투를 목 끝까지 여미며 발걸음을 재촉하던 찬 바람이 엊그제 같은데 그런 때가 언제였냐는 듯 날은 화창하고, 거리를 다니는 사람들은 저마다 파스텔 톤으로 치장해 한껏 봄 분위기를 내는 와중에 애정은 저만 우중충한 것을 느꼈다.

손에는 유미와 함께 산 테이크아웃 아메리카노 한 잔을 들고 커다랗게 자리를 차지하고 서 있는 도훈의 가판대 앞에 섰다. 이제는 이렇게 가판대 앞을 그냥 지나치지 않는 게 어느새 습관으로 굳혀졌다. 벌써 며칠째인 건지.

무슨 통과 의례라도 되는 양 그걸 지나치지 못하고 도훈의 가판대에 서서 저 혼자 혼잣말을 늘어놓는데 정작 본인만 그걸 깨닫지 못하고 있었다.

"흐음."

오늘 오후 네 얼굴의 느낌은 말이지.

"사진이 영 못 나왔네."

어깨도 이거보단 넓고, 코도 이거보단 더 높은데. 아, 안경을 꼈을 때 그 지적인 분위기는 또 어떻고.

"가만 보자."

에이, 눈 색깔도 선명하게 안 나왔네. 요즘 사진 기술 좋지 않나? 짙은 밤 같은 그 새까만 동공이 마치 흑구슬처럼 얼마나 예쁜데 그걸 다 못 담아내네.

"어머."

미쳤나 봐.

지금 무슨 생각을 하는 거야? 정신 차려야지, 정애정. 이 자식은 상대해 봐야 너만 고생이야. 그것도 그냥 고생이 아니라 생고생, 개고생. 겪고도 몰라? 그렇게 겪고도!

"그래도 뭐……. 더 멋있어지긴 했더라."

그건 인정.

시간이 이렇게나 흘렀는데 어째 못생겨지는 곳 하나 없이 꼭 완벽하게.

"어? 형, 이거 사실이에요? 지금 동기 놈이 헛소리하는 거 아니죠?"

무엇을 보고 굉장히 놀라기라도 한 듯 얼굴 표정이며 목소리까지 잔뜩 격앙된 것처럼 느껴졌다.

"뭔데, 그게."

격앙된 목소리의 주인이 화면을 보라는 듯 제 휴대폰을 빤히 내밀었지만 도훈은 그걸 들여다보지 않고 대꾸했다. 그런 도훈에 하는 수 없이 잔뜩 목소리를 높였던 재성이 좀 더 가까이로 다가가 그의 코앞까지 제 휴대폰을 다시금 들이밀었다.

"이거 말이에요, 이거."

너무나 바짝 들이댄 탓에 반강제로 보게 된 화면 속에는 발신인과 수신인이 서로 주고받은 말풍선들이 교차해 있고, 재성이 친히 손가락으로 가리키고 있는 마지막 말풍선에는 '여기 벌써 사진 쫙 깔리고 난리도 아니야. 심도훈 선배 이미 우리 병원 스타 닥턴데' 하고 적혀 있었다.

"아."

"아? 아아?"

그게 전부예요?

"그냥 물어보면 되지 뭘 그렇게 수고롭게 휴대폰까지 들이밀어? 어, 맞아. 이틀 뒤에 도경으로 출근이야."

"와, 대박."

도훈은 재성이 고집스럽게 들이밀고 있는 휴대폰을 저만치 밀어 냈다. 자의가 아닌 타의에 의해 휴대폰을 내려놓은 재성은 서둘러 의자를 찾아 앉았다. 그러고는 단번에 도훈 쪽을 올려다보았다.

"애정 누나 때문이죠? 세연병원이 아니라 도경으로 가는 거! 귀국하기 전부터 어째 한두 번이 아니라 계속 물어보는 게 수상했어. 아, 미리 눈치챘어야 했는데!"

그제야 알아차렸다는 듯 뒤늦게 검지와 중지를 맞물려 딱, 하며 소리를 낸 후 재성이 애꿎은 제 뒷머리를 벅벅 긁어 댔다. 도경병원에서 근무하고 있다는 정보를 유포한 사람이 저라는 걸 알면 애정은 두 눈에 불을 켜고 저를 죽이려 들 거다. 으, 상상만으로도 두려움에 온몸이 떨려 왔다.

"제의받아서 가는 거야. 원장님이랑 친분도 있고. 이사장님도 적극적으로 나왔었고. 물론, 정애정이 주 이유인 건 맞지만. 그리고 네가 미리 눈치채고 발 뺐어도 어차피 결과는 같았어. 너 말고 물어볼 사람이 없을 줄 알고?"

이렇게 설명을 붙이면 네 마음이 좀 편할까 모르겠네.

"뭐, 그건 그렇지만……."

"됐고. 알고 있는 거 좀 넘겨 봐."

"뭘요? 저 아는 거 하나도 없어요."

어떤 맥락으로 대화가 흐르는지 감지한 재성은 서둘러 양 손바닥을 하늘로 들어 보이며 어깨를 으쓱했다. 하지만 그렇다고 물러날 도훈이 아니었다.

"따로 만나는 사람은 있어? 뭐, 진지하게 연락을 주고받거나 하는 사람은?"

퍽 건조한 목소리. 들려올 대답 따위에 흥미가 없는 것처럼 심드렁한 표정이었지만 묻는 내용은 그렇지 않았다.

"차, 참나. 제가 그걸 어떻게 알아요. 저 남의 연애사에 관심 손톱만큼도 없어서 그런 거 잘 몰라요. 형도 아시면서."

여차저차 문장을 길게 늘어뜨리며 말은 그럴싸하게 했지만 필히 알고 있다는 눈치였다. 손톱만큼도 관심이 없다니, 퍽이나. 예과 시절 때도 여기저기 남의 애정사를 퍼다 날라 주며 커플들을 탄생시켰던 전적이 화려해도 너무나 화려한데.

그에 도훈은 셔츠들을 옷걸이에 하나, 둘 걸던 것을 그만두고 재성 쪽으로 방향을 틀어 마주 섰다.

"그래? 그럼 좀 고쳐서 얘기할게. 네가 알고 있는 거 좀 팔아 봐."

"……얼마 줄 건데요?"

"섭섭하게는 안 하지."

도훈의 대답을 끝으로 재성이 조금 곤란한 듯 이맛살을 구겼다가 이내 씩, 입매를 말아 올렸다. 그는 곧 도도한 표정으로 도훈을 향해 고개를 치켜들고는 앉은 자리에서 꽤 거만하게 몸을 뒤로 늘어뜨렸다.

"뭐, 일단…… 사귀고 있는 사람은 없어요. 혹시나 사귈 가능성으로 진지하게 연락 주고받는 남자도 없는 걸로 알고."

"그게 언제부터 언제까지인데?"

"중간에 몇몇 있긴 했어도 형이랑 만났을 때처럼 그렇게 막 오래 가고 그랬던 사람은 없었어요."

"그래?"

재성의 대답이 꽤 만족스러운 모양인지 도훈이 가볍게 고개를 끄덕였다.

"뭐, 또 덧붙이자면 요즘 그런 말 알아요, 형? 신조어인데 혼썸이라고. 혼자 썸 타는 거. 애정 누나 혼썸만 한…… 다섯 번 정도?"

"하, 다섯 명씩이나?"

"사람 잘 안 변하잖아요. 그냥 친절인데 누나 혼자 혹해서 헛다리 짚은 거죠. 아, 그런데 이런 건 왜 물어요?"

묻는 것에 순순히 곧잘 답을 해 주다가 불현듯 스치는 이상한 느낌에 재성이 편하게 늘어져 있던 몸을 서둘러 곧추세웠다. 그러고서는 눈을 가늘게 뜨고 도훈을 보았다.

"궁금하니까."

"그러니까 왜 궁금한 건데요? 설마…… 에이, 아니죠, 형?"

"설마가 설마면 안 되는 건가. 어차피 지금 만나는 사람도 따로 없다면서."

"에이, 에헤이. 아무리 그래도 형은 안 되죠."

그냥 지나가는 말이라 해도 무슨 그런 심한 말을 하냐는 듯 손가락으로 가위 표시까지 해 보이는 재성에 일순 도훈의 미간이 일그러졌다.

아니, 이 자식이 근데.

"날 그렇게까지 싫어할 이유가 있어?"

"그걸 설마 몰라서 물어요?"

"뭐…… 조금 무심하긴 했었지, 내가."

잠깐 숨을 고르며 생각을 해 보는가, 싶더니 이내 가볍게 결론지어 돌아오는 도훈의 대답이었다. 마치 그 이유가 전부라는 듯 덧붙이는 것도 없었다. 그에 재성의 고개가 갸웃하며 기울어졌다.

"그게 다예요, 형은?"

그럼 뭐가 더 있을까. 도훈이 이내 재성을 향해 그렇다는 듯 고개를 끄덕였다. 그에 재성이 짧게 시선을 내리깔았다가 다시금 들어 올렸다.

"무심했던 게 아니라…… 당연했던 거잖아요."

"어?"

말은 그렇게 했지만 편을 가르고 서서 누가 잘했고, 누가 잘못했다, 하는 취미는 없는지라 재성은 이만 여기에서 선을 그어야겠

다고 생각했다. 때문에 화제 전환을 하고 싶어 앉아 있던 자리에
서 아예 일어나 제 주위로 널브러져 있는 도훈의 짐들을 하나, 둘
주우며 괜히 눈치를 살폈다.

하지만 그런 제 대답이 도훈에겐 한 번에 이해되지 않았나 보
다. 고왔던 미간에 주름을 새기고 서 있는 걸 보니 말이다. 하는
수 없이 재성이 주웠던 도훈의 옷들을 안듯이 감싸 들곤 자리에
다시 앉았다.

"형은 이유가 뭔데요?"

"무슨 이유."

"애정 누나 다시 만나고 싶어 하는 이유 말이에요. 1년도 아니
고, 2년도 아니고, 4년이나 훌쩍 흘렀는데."

잠시간의 정적이 흘렀다. 아까와는 달리 도훈으로부터 곧장 대
답이 들려오지 않자 재성은 아차, 싶기도 했다. 그러는 사이 도훈
의 입 새로 작은 한숨이 흩어졌다. 설마하니 도훈으로부터 이런
반응이 나오리라 생각한 건 아니었는데 의외였다.

"글쎄."

뭐라고 설명해야 좋을까.

뒷말을 기다리고 있는 재성을 보면서 말을 고르기가 쉽지 않아
끝내 도훈은 양어깨를 한 번 으쓱해 보였다. 그러고는 다시 전처
럼 팔짱을 끼고 꺼낸다는 대답이,

"그냥."

이었다. 가타부타 덧붙여지는 것 없이 너무나 명료하게, 깔끔

하게, 그리고 무책임하게. 차라리 이전에 들었던 '좀 무심하긴 했지'가 더 성의 있는 답인 것 같았다.

"그냥? 4년 만에, 그냥? 그게 다는 아니죠? 어? 그게 다예요?"

설마 제가 지금 똑바로 들은 건가 싶어 재성은 재차 물었다. 아까도 그게 다냐고 물었지만 혹여나 뒷말이 더 있는데 제가 덜 들었나 싶기도 해서. 와, 아무렴 '그냥'이라는 건 너무하지 않나.

"야, 너 그렇게 깨작깨작 도와줄 거면 그만 가."

구태여 사람을 앉혀 놓고 시시콜콜 제 감정이 어쩌고, 저쩌고 얘기하는 타입은 아닌지라 이런 식의 대화가 도훈에겐 그다지 유쾌하지 않았다. 그는 대뜸 재성의 품에 있는 제 옷들을 낚아채 대충 아무렇게나 던져두고 그를 일으켜 문밖으로 밀어 댔다.

"아니, 형. 잠깐만요, 아 잠깐만."

"왜, 뭐."

"그…… 내가 뭐 이래라, 저래라 할 입장은 아닌데요. 그래도 확신 없이 그냥 편했던 상대 찾는 거라면 다시 생각해 봐요. 그거 솔직히 진짜 할 짓 아니에요."

"가라, 가."

"아니, 진짜로!"

완전 진심으로!

힘에 휩쓸려 억지로 신발을 꿰어 신고 현관까지 밀려나면서 재성은 짐짓 단호한 표정을 지었다.

문이 닫히고 록이 걸리는 소리와 함께 다시 한 번 더 '그거 아

니에요!' 라는 외침이 있었고 몇 분 지나니 그제야 밖이 조용해졌
다.

현관을 벗어난 도훈은 슬리퍼를 직직 끌며 냉장고에서 생수를
하나 꺼내어 벌컥벌컥 들이켰다. 식도가 차가운 온도를 만나 얼얼
해짐과 동시에 귓가에는 또 다른 얼얼함으로 재성의 목소리가 메
아리처럼 맴돌았다.

'그냥? 4년 만에, 그냥? 그게 다는 아니죠? 어? 그게 다예
요?'

"……."

그래, 설마. 그게 전부는 아니지.

"후우……."

그러니까, 그냥 도처에 널브러져 있는 흔적들이 매번 지워지지
않고 되살아나서.

어딜 가도, 어딜 봐도, 정애정이 보여서. 무얼 해도 자꾸만 정
애정이 밟혀서. 그러니까 보고 싶어서. 그저 잠시뿐이겠지, 익숙
해지려니 했던 정애정이 없는 일상들이 도무지 익숙해지지 않아
서.

나는, 그렇게, 4년을 그렇게.

"미친놈."

그래, 심도훈. 욕을 먹어도 싼 놈. 이제 와 이러는 게 무슨 소

용이겠느냐만.

그래, 그냥 이 모든 것들이 정애정 하나면 다 해갈이 될 것 같아서. 아니, 그럴 거라서.

이게 내 이유이자 대답이야.

<u>4</u>

치익, 탁.

도훈은 뒤늦게 도착한 짐들로 인해 잠깐 엉망이었던 집을 이제야 다시금 말끔하게 마무리했다. 그러고는 오전에 미리 사 두었던 냉장고 속 맥주부터 찾았다. 옷가지에 먼지를 덕지덕지 그대로 붙인 채로 캔만 들고 테라스로 나섰다.

"밤공기 좋네."

바람도 시원하고.

난간을 지지대 삼아 몸을 지탱하고 들고 나온 맥주를 꿀꺽꿀꺽 마셨다. 식도를 훑고 내려가는 차가운 느낌이 좋아 연속으로 넘겨대니 속이 금세 더부룩해져 트림이 나왔다.

냉장고의 홈바 안에는 다양한 종류의 맥주 캔들이 가득했다. 예전이었으면 이게 과연 제 냉장고라고 상상조차 하지 못했을 일이다.

'이거 봐, 오빠. 이번에 새로 오픈한 펍인데 수제 맥주 종류도 많고 분위기도 좋고 하여튼 요즘 굉장히 인기래.'

'수제 맥주? 관심 없어. 난 종류가 뭐가 됐든 맥주 자체를 별로 안 좋아해. 금방 배부르고, 거품 올라오는 것도 싫고.'

'진짜? 난 오히려 소주를 못 마시겠던데. 알코올 맛만 나고, 쓰고. 더러는 단맛이 난다고들 하는데 난 도무지 무슨 맛으로 마시는지 모르겠어.'

그렇게 말을 하면서도 꼭 한 번씩 제 몫으로 채워 놓은 소주한 잔을 마셔 보던 애정이었다.

입가로 가져가기 위해 가까이 잔을 들자마자 코끝으로 훅 끼치는 냄새만으로도 쓰다며 인상을 잔뜩 일그러뜨려 놓곤 기어이 한 입에 털어 넣었다.

곧이어 크으, 하며 발을 동동 굴렀다. 서둘러 물을 찾아 입 안을 여실히 헹궈 대기까지.

'그걸 왜 마셔. 맛도 없다면서.'

이해할 수 없다는 듯 고개를 저었었다.

　'그냥. 오빠가 좋아하니까. 이러다 보면 내 입에도 익숙해질까, 싶어서.'

그러니까 굳이 왜. 내가 좋아한다고 해서 대체 왜.

그럼에도 불구하고 속없는 사람처럼 헤벌쭉 웃었다. 금세 알코올의 기운에 하얀 양 볼이 발그레 달아올랐다.

오빠도 한번 마셔 보라며 본인의 맥주잔을 비우고 다시금 맥주를 따라 권했지만 단박에 고개를 가로로 저어 거절의 의사를 표했다.

　'아냐, 난 됐어.'

맥주 맛이 어떤지는 충분히 알아.

　'치, 한번 맛보면 어디가 덧나나.'
　'어, 덧나. 안 마시던 거 마시면 탈 나.'
　'하여간 매정해, 진짜. 한 잔이 뭘 어렵다고.'

입술이 삐죽삐죽 튀어나왔지만 그것도 아주 잠시였었다. 금세 활기를 되찾고 재잘재잘 제 일상을 떠들어 댔고 또 중간, 중간 잔을 채운 소주 마시기를 몇 번 시도하기도 했다.

"……."

그래, 딱 한 잔. 별로 어려운 것도 아니었는데 왜 그땐 그러지 않았을까. 아니, 애정이 뭐라 요구하든 간에 들어줄 생각조차 하지 않았던 것 같다. 그랬었는데 왠지 헤어진 후로 술자리가 있을 때면 맥주가 찾아졌다. 배부르는 느낌 없이 깔끔하게 넘어가던 소주는 제쳐 두고 말이다.

"하, 내가 맥주랑 친해질 줄이야."

누가 알았겠어.

이제는 소주보단 맥주다. 한 캔 따서 꿀꺽꿀꺽 요란하게 소리를 내며 마시던 그 얼굴이 꼭 생생하게 떠오르는 것 같아서. 이렇게 있다 보면 어느새 옆으로 그녀가 와 있는 느낌이 들곤 해서.

"크으, 으아."

한 잔을 입 안으로 털어 넣자마자 절로 앓는 소리가 나며 발이 동동 굴러졌다. 그러고는 기본 안주로 나온 오이를 찾아 얼른 잘게, 잘게 조각을 내어 씹었다. 입 안으로 수분이 퍼지니 그나마 알싸하고 쓴맛이 중화가 되는 것처럼 느껴졌다.

그러한 일련의 과정을 맞은편에서 물끄러미 지켜만 보던 재성이 이내 고개를 가로로 절레절레 저었다. 소주 한 잔이 참 요란하다, 요란해.

"그냥 마시던 거 마셔. 누나 원래 소주파 아니었으면서 그런다. 온리 맥주였잖아. 아니야?"

이상한 고집이야, 글쎄. 잘 마시지도 못하면서 언젠가부터 소주만 시키더라, 누나.

"몰라. 이 알싸한 무맛이 은근 중독이 되더라고. 정말 아주 간혹 달짝지근할 때도 있고."

"글쎄, 그런 적 있는 거 확실해? 마실 때 보면 표정은 전혀 아니던데."

이렇게 막, 어? 온 얼굴에 있는 근육이란 근육은 다 일그러뜨리잖아.

"야."

"어?"

"그냥 내가 그렇다면 그런 거야."

그러면서 애정은 제 빈 잔에 또 졸졸 소주를 따랐다. 좀 나눠 마시면 덜할 걸 그녀는 구태여 잔을 채우면 그걸 꼭 한 번에 다 마셨다.

"누나, 천천히 마셔라. 어?"

"야, 내가 생각하면 할수록, 어? 내 참. 하, 참. 어이가 없어서."

어이없다는 말을 근래에 참 자주 사용하는 것 같네.

"왜, 뭐…… 무슨 일이라도 있어?"

"너 들으면 아마 까암짝 놀랄걸?"

무슨 얘기를 꺼내려고 하는지 대충 짐작은 가지만 재성은 모른 척 눈을 깜빡였다. 까암짝 놀라는 시늉이라도 반드시 해야만 하기에.

"뭐, 뭔데?"

"너 전에 내가 꿈 얘기 해 준 적 있지?"

"어? 어, 그, 그랬지."

"놀라지 마. 세상에, 그게 현실이 됐어. 심도훈이 나타났다고."

"뭐? 세상에, 그게 정말이야? 심도훈 형? 그 형? 와우, 그 심도훈이?"

언빌리버블.

재성은 애정의 말이 끝나기가 무섭게 부러 잘만 들고 있던 나무젓가락까지 손가락 사이에서 놓으며 이보다 더 놀라운 소식은 없다는 듯 반응했다.

"하, 놀랍지? 그지? 야, 뿐만이 아냐."

아직 그 정도로 놀라긴 일러.

"뿐만이 아니라니. 뭐야, 뭐가 더 남아 있어?"

그래, 더 있겠지. 다른 누구도 아닌 애정이 도경병원에서 일을 한다는 사실 자체가 제 입을 통해서 흘렸던 정보인데.

"너 진짜 놀리자 마라."

애정은 검지까지 세우면서 눈에 잔뜩 힘을 주고 꽤 심각한 표정으로 재성을 향해 당부했다. 그리고 곧바로 서두를 뗀 문장을 마저 이었다.

"내일부터 심도훈 정식으로 우리 병원 출근이야."

"뭐어어어? 뭐라고오오오?!"

이번엔 의자를 밀치고 자리에서 일어났다. 다분히 계획된 행동이었다. 잠시 잠깐 남들의 이목이 쏟아지는 것쯤이야 애정을 속이기 위해서라면 일도 아니다. 플라스틱 의자가 그 반동으로 인해 시끄럽게도 바닥으로 나뒹굴었다.

부러 과한 연출을 하는 건 재성이었지만 그로 인한 부끄러움은 함께 동석하고 있는 애정의 몫이었다. 애정은 허리를 낮추고 손바닥을 들어 서둘러 그를 만류했다.

"야, 일단 앉아. 어? 앉아, 앉아."

"아, 그래."

재성은 주섬주섬 제가 밀쳐 낸 의자를 다시 주워 엉덩이 밑으로 야무지게 깔고 앉았다.

"진짜 놀랄 노 자다, 누나. 어떻게 도훈 형이 누나 병원에서 일하게 됐대? 다른 곳도 아니고 말이야. 아니, 이런 엄청난 우연이."

"하, 그래서 내가 오늘 술이 당기지, 안 당기겠어? 아, 진짜. 후우……. 그냥 마주치지 않기를 바라고 또 바라는 수밖에 없어. 외래 보느라 심도훈이 진료실 안에 콕 박혀 있을 때 제외하곤 내가 아주 신경외과 근처도 안 갈 거야."

"마셔, 누나."

마셔야겠다, 정말.

졸졸졸, 더 말을 잇기 전에 재성은 서둘러 애정의 잔에 소주를 채웠다. 덥지도 않은 날에 저 혼자 혹서기 체험을 하는 것처럼 이마에 온 머리카락이 다 달라붙을 정도로 땀이 났다.

"굿이라도 해야겠어. 아무래도 올해 마가 꼈나 봐."

"에이, 뭘 그 정도로."

"그 정도로? 지금 심도훈을 잘하면 매일까진 아니고 어쨌든 일주일에 다섯 번은 꼬박 보게 생겼는데 그 정도로? 네 일 아니라고 말이 쉽게 나오지, 어?"

"미안. 그래도 누나 이제 도훈 형 다 잊었다고 그랬잖아. 이렇게 된 마당에 좀 불편하긴 하겠지만 어쩌겠어. 그러다 보면 또 익숙해지겠지."

둘의 만남에 어쨌든 원인 제공을 한 자는 지금 양심에 털이 잔뜩 나 간지러워 미칠 지경이다. 순간 떠오른 도훈과의 대화 때문에 더욱 그랬다.

'궁금하니까.'

'그러니까 왜 궁금한 건데요? 설마…… 에이, 아니죠, 형?'

'설마가 설마면 안 되는 건가. 어차피 지금 만나는 사람도 따로 없다면서.'

누구는 무려 4년 만에 다시 잘해 보고 싶어서 일터까지 찾아들어 갔는데 여기 앞에 마주 앉아 있는 다른 누구는 그게 죽을 맛이라 굿까지 한다고 하니, 참. 가운데 껴서 대체 어떻게 해야 할지 모르겠다. 굿을 한다면 차라리 제가 하는 편이 맞을지도.

"잔 비었네. 자. 마셔, 누나."

에라 모르겠다. 재성은 애정의 앞으로 한 잔 따르고 제 몫으로도 따랐다. 이별을 할 때에도 애정의 곁에서 갖은 고생이란 고생은 다 했는데 이제 재회를 했으니 또 어떤 고생을 하게 될지 모르겠다. 때문에 저도 술이 안 당기려야 안 당길 수가 없었다.

"그래, 오늘 마시고 죽어 보자, 우리!"

호쾌하게 웃어 보이며 애정은 재성의 잔에 제 잔이 부서져라 건배를 했다. 덕분에 채워 두었던 소주의 반이 테이블로 흩어졌다.

내일 일은 내일 일이니까 오늘은 일단 이 흥에 취하자!

그렇게 술을 주거니, 받거니 하길 몇 시간, 한사코 데려다준다고 하는 걸 됐다고, 됐다고 마다했다. 술은 제가 당겨서 마시자고 불렀는데 고주망태가 되어 버린 건 오히려 재성이었으니 말이었다.

제 몸 하나 못 가누면서도 구태여 누나가 집까지 안전하게 들어가는 걸 보겠다고 하는데 그걸 붙잡고 만류를 하느라 갖은 애를 먹었다.

정말, 진심으로, 애를 먹었다.

'누우나, 애정이 누우나. 아, 우리 누나 밤길에 또 혼자 아무나 만나서 막, 어? 막, 혼자서 막 가벼운 호의에 착각하고 그러면 안 되는데에. 내가 다른 사람들 보호를 위해 데려다줘야 하는데에.'

그냥 곱게 가 버렸으면 될걸. 굳이 대리기사님도 동승하고 있던 차에서 창문을 내려 온 동네방네 떠나가라 고래고래 소리를 질러 댄 재성이었다.

"아오, 씨! 함재성! 쪽팔리게, 진짜!"

머리칼을 죄 앞으로 쓸어 모아 화끈화끈 달아오른 얼굴을 제아무리 가려 본들 지나다니던 사람들이 저와 재성을 번갈아 쳐다보며 킬킬거린 게 잊힐 수가 있을까.

아니, 없지. 절대 없지.

'여러부운, 여러부우운! 저 여자에게서 떨어지세요! 저 빨간 니트 입은 여자 말이에요! 무슨 일이든 도와주지 말아요! 아주 쉽게 착각하거든요? 어이, 거기, 당신! 그래, 당신 맞아요! 조심해, 저 여자랑 너무 가깝잖아!'

차는 서서히 출발했지만 기어이 창문 밖으로 고개를 내밀며 흐느적거리는 팔에 애써 힘을 주어 가며 휘둘렀었다. 덕분에 그의 손가락에 지목된 누군가는 정말 파랗게 질린 얼굴로 제게서 후다

딱 멀어졌다. 그 발소리가 어찌나 크던지.

"후우…… 가만 안 둬, 함재성. 내가, 진짜 너를, 정말, 가만 안 둘 거야!"

차라리 고맙다, 그래. 내일이 심란해 미칠 것 같았는데 덕분에 쪽팔려서 아주 미칠 지경이라 그 기분은 언제 그랬냐는 듯 싹 날아가 버렸으니까.

날씨가 점점 따뜻해지듯이 날이 밝아지는 시간도 그에 비례해 빨라졌다. 거의 한밤중이라고 해도 무방할 만큼 까맣던 새벽녘이 어느새 너무나 환해져 새로운 하루의 시작을 알렸다.

그래, 그랬던 요즘이었다.

"……비?"

커튼 때문에 빛이 안으로 못 들어오나 싶어 부은 눈을 비비며 커튼을 양쪽으로 열어젖혔다. 맑을 거라던 예보와는 달리 밖에선 선명하게 보일 만큼 굵은 빗줄기가 내리고 있었고 덕분에 하늘은 어두컴컴하고 우중충하기 그지없었다.

"……."

평소보다 30분은 일찍 알람을 맞추었고 비록 어제 술을 마셨지만 그래도 초인적인 힘으로 알람이 시작됨과 동시에 번쩍 눈을 떴다. 의식하기 싫어도 의식할 수밖에 없는 날이라 그런지 아침잠은 진즉에 다 달아난 후였다.

애정은 밖의 날씨를 확인하자마자 커튼을 붙잡고 거의 주저앉

듯 바닥으로 미끄러져 앉았다. 오전에 잠시 내리고 그치는 비일까, 싶어 서둘러 날씨 어플을 확인해 보았지만 온종일 먹구름과 빗줄기가 함께였다.

"왜, 왜 이렇게 요즘……."

나를 다 안 도와주지. 온 우주가 나를 등지는 것만 같아.

주문한 지가 대체 언제냐며 쇼핑몰 게시판이며, CS 전화 센터며, 카톡 1:1 상담이며 미친 듯이 문의를 해 그저께 따끈따끈하게 도착한 반짝이는 에나멜 구두. 그리고 그와 걸맞게 요즘 세탁물이 밀려서 이틀 내로는 안 된다고, 안 된다고 말을 하던 세탁소 사장님을 닦달해서 원피스 드라이까지 받아 흠잡을 데 없는 코디를 완성했는데.

그런 제 노력들이 허망하게도 궂은 날씨 하나로 저의 화사한 봄의 여신 룩을 죄다 무산시켜 버렸다. 참, 가볍고 쉽다.

"아이고, 보람 없다."

평소에는 하지도 않던 웨이브까지 아주 굵게, 굵게 넣을 작정이었는데 습기 가득한 비가 내린단다. 풍성하게 컬을 넣으면 뭐하겠어. 곧 다시 우울하게 처질 게 빤할 텐데.

"하아."

꺼내 놓았던 원피스를 다시금 옷장 안으로 고이 밀어 넣고 나머지 옷들을 살폈다. 손에 걸리는 옷들 모두가 그다지 마음에 들지 않았다.

"……아니, 뭐. 내가 꼭 뭐, 누구한테 잘 보이고 싶어서 그러나, 뭐."

참나. 누가 보면 혹시 마주치기라도 할까 봐, 아주 혹시나 그러기라도 할까 봐서 되게 공들이는 줄로 알겠네.

"평소대로 입자고, 평소대로."

누가 오늘 정식으로 첫 출근을 하든지, 말든지 내 알 바야?

"저기, 잠깐만요! 같이 올라가요!"

제발요! 플리즈!

30분이나 일찍 일어났으면서도 꾸물거리다가 겨우 출근 시간에 맞춰, 아니, 거의 쫓기다시피 해서 병원에 도착했다.

사람들이 북적북적 들어차는 로비를 지나 막 닫히려고 하는 엘리베이터를 향해 미친 듯이 내달렸다.

우산에 비닐을 씌우느라 양손은 축축했고, 버스에서 내내 서서 오느라 사람들에게 너무 스쳐서인지 옷도 얼룩덜룩 엉망이었다. 습기에 지는 바람에 우울하게 축 처진 머리칼이야 뭐, 말할 필요도 없고.

"아, 감사합니다!"

이미 만원인 엘리베이터에 몸을 구겨서 타기보단 평소 같았으면 그냥 보내고 차라리 다른 걸 기다렸을 거다. 하지만 오늘은 오전 일찍 회의가 있는 터라 1분도 더 지체할 수가 없었다.

사람으로 꽉, 꽉 들어찬 작은 공간에 저의 몸과 우산, 그리고 가방을 함께 억지로 욱여넣자 뒤에서는 자연히 짜증스런 소리들

이 들렸다. 아무렴, 눈치가 보이더라도 일단 타고 가는 게 우선이
었다.

삐, 정원 초과. 삐, 정원 초과.

하필 꼭 이렇더라. 극적인 상황의 주인공을 자처하긴 참 싫은
데.

정원 초과로 닫히지 않는 엘리베이터 문에 구태여 뒤를 돌아보
지 않아도 모든 이들의 눈총이 제게로 아주 따갑게 쏠려 있다는
것쯤 잘 알고 있었다. 그럼에도 불구하고 어떻게든 버텨 보려고
최대한 정면만 보고 있었지만 그 정도를 버틸 뻔뻔함의 내공은
제게 아직 없었다. 그러기엔 수련을 덜 했다.

아, 진짜. 딱 미쳐 버리겠네.

짙은 한숨과 함께 눈을 깊이 감았다 떴다. 초조한 심장 박동에
의해 심장이 아예 가슴을 뚫고 나올 지경이었다.

어쨌든 내려야 하는 사람이 있다면, 반드시 누군가 꼭 내려야
한다면 그건 저였다. 아니나 다를까, 뒤에서는 불특정 다수가 저
를 향해 따갑게 내릴 것을 종용하는 말을 했다.

"후우."

나지막한 한숨이 흘렀다. 그래, 더 이상은 무리일 것 같다.

그러곤 끌어안고 있던 우산과 가방을 양손에 나눠서 고쳐 쥐곤
이만 무거운 발걸음을 엘리베이터 안에서 밖으로 떼려는 찰나였다.

"어?"

누군가 애정이 아예 안정적으로 엘리베이터 안으로 설 수 있게

끔 양어깨를 힘주어 잡고 끌어당긴 후 사람들 틈 사이를 뚫고 스치듯이 엘리베이터 밖으로 빠져나갔다.

그제야 고집스럽게 정원 초과에 빨간불을 켜고 있었던 게 꺼졌다. 사람 하나를 물러나게 해 한결 가벼워진 엘리베이터의 문이 스르르 닫혔다. 그리고 애정은 닫히는 그 틈으로 똑똑히 누군가를 보았다. 눈짓으로나마 고맙단 인사를 하기 위해서 더욱 신경을 써 자세히 보았다.

하지만 누군가를 뚫어져라 확인할 것도 없이 그저 보자마자 얼굴을 확 일그러뜨렸다. 그런 제 표정일랑 아랑곳하지 않은 채 마치 저와 눈이 마주치길 기다렸다는 듯 보자마자 하는 그 말도 똑똑히 들었다.

"타고 가."

내가 다음 거 탈게.

웅성거리는 로비에서도 목소리는 참 희한하게 귀에 잘 꽂혔다. 게다가 신사의 너른 아량이라도 되는 듯 굉장히 여유로워 보이는 그 미소도 함께 확인했다.

산뜻해야 될 아침과는 대조되게 어디 며칠 묵다가 급하게 오기라도 한 것처럼 상당히 추레한 몰골을 한 채로 정확히 마주한 그였다. 심도훈.

아, 대체.

손이 추욱 늘어졌다. 그럼에도 손에 들고 있는 우산과 가방의 무게가 더 무거웠다.

왜, 하필.

고개가 한 번 뒤로 꺾였다가 돌아왔다. 이보다 더 짜증스러울
수가 없었다.

이렇게 엉망일 때에…….

타이밍 한번 참 기가 막히다, 정말.

우이씨, 안 고마워. 하나도 안 고마워!

와이셔츠의 색은 그레이가 좋을까, 아니면 네이비가 좋을까.
그도 아니면 그냥 깔끔하고 단정한 화이트가 좋을까. 와이셔츠를
고르고 나면 타이는 어떤 색이 좋을까.

아니, 그냥 아예 하지를 말까?

밖에서 비가 내리든, 말든 입을 옷에 온 신경을 쏟았다. 첫 외
래진료를 기념하고자 하는 것도 아니었고, 첫 출근을 위해 괜히
더 힘을 주고자 하는 것도 아니었다. 주목을 받는 것에 익숙하긴
하지만 그렇다고 그걸 즐기진 않으니 말이다.

그냥 다만, 정애정. 그녀를 마주칠지도 모르니까.

"아, 다 와서 막히네."

비가 내리니 평소보다 도로의 상태가 더 답답했다. 엉금엉금
움직이는 차에 여기저기서 클랙슨 소리가 시끄럽게도 울렸다. 짜
증 나는 상황이 그 클랙슨 소리로 더 가중되었다.

원래 타이트하게 움직이는 걸 싫어하는 성격이라 짧게는 10분
길게는 30분이나 여유를 두고 출발을 하는데도 오늘은 어째 제

맘 같지가 않았다.

"후우."

그렇게 겨우 병원으로 와 주차를 하고 엘리베이터를 타고 올라갔다.

지하에서부터 이미 엘리베이터의 반은 채워졌고 로비층에 다다르자마자 조금 과장을 보태 사람들이 떼로 밀고 들어왔다.

습한 기운에 엘리베이터 안은 금세 찝찝하고 갑갑한 공기로 물들었다. 그리고 그때, 웬 낭랑한 목소리 하나가 도훈의 귀에 너무나도 정확하게 날아들었다.

"저기, 잠깐만요! 같이 올라가요!"

탁, 탁, 탁, 탁. 다급하게도 울리는 발소리. 누가 봐도 이 엘리베이터를 향해 달려오는 소리였다.

"아, 뭐야."

입구 쪽에 서 있던 이가 빤히 달려오는 사람을 보면서도 서둘러 닫힘 버튼에 손을 뻗었다. 그가 그렇게 하는 것에 아무도 이의가 없는 것 같았지만 도훈은 아니었다. 그는 사이드에 위치한 버튼 줄에서 그보다 좀 더 빨리 열림을 눌렀다. 문이 턱, 턱, 소리를 내며 입을 벌렸다.

"아, 감사합니다!"

저만이 알아보는 낯익은 뒤통수가 다행히도 엘리베이터에 올랐다. 나름 흐뭇한 표정을 지었지만 이미 정원을 초과한 엘리베이터는 사정이 달랐다. 여기저기서 짜증이 터졌다.

"아, 뭐야. 안 내리고 뭐 해?"

"마지막에 탄 사람이 내려야지."

"거 좀 갑시다."

특정한 사람 한 명을 지칭해 여차하면 모두 한마디씩 다 쏟을 기세였다.

"⋯⋯."

시선을 옮겨 앞을 보니 저만이 알아볼 수 있는 뒤통수가 주춤주춤 눈치를 살피며 내릴 기미를 보였다. 도훈도 재빨리 손목에 둘러진 시계를 확인했다. 이걸 타고 바로 올라가도 조금은 빠듯한 시간이었다. 그런 사정은 저 앞의 뒤통수라고 다르지 않겠지.

아, 하여간 정애정.

너 때문에 진료 지각이다, 나.

혹여나 사람들에게 밀릴까 싶어 양어깨를 붙잡아 일단 안으로 이끌었다. 무방비한 몸이 적은 힘으로도 쉽게 끌려왔다.

그리고 그녀를 대신해 도훈은 엘리베이터에서 제 무게를 덜어 냈다. 그제야 요지부동이던 엘리베이터 문이 스르르, 닫힐 기미를 보였다.

"타고 가. 내가 다음 거 탈게."

마주치는 눈동자. 제 존재를 똑똑히 확인한 눈이 잠시 커졌다. 비에 젖어 너덜거리는 그녀의 차림은 이미 안중에도 없었다. 제게 는 그게 세상에서 제일 완벽한 첫 출근이었으니까.

"······래서 말인데, 여러모로 적합한 게 정애정 대리뿐인 것 같으니까 이번 홍보 영상 건은 정 대리가 맡는 걸로 하자고."

바라지 않았던 누군가의 친절로 인해 회의는 늦지 않았다. 신발 바닥에 채 마르지 않은 물기로 슬라이드를 하듯 사무실로 들어와 우당탕탕 요란 법석하게 짐들을 내려놓고 서류를 준비해 얼른 테이블에 착석했다.

엉덩이를 붙이기 무섭게 정확히 10초 후 오전 회의가 시작되었고, 그로부터 10초가 더 지나자 애정은 본인의 정신을 점점 다른 곳으로 보냈다.

그러니까, 지금 회의에 단 1도 집중하지 못한 채 눈에 들어오지도 않는 화면을 내려다보며 하릴없이 손가락만 그 위를 만졌다가, 뗐다가 하는 중이었다.

몸은 이미 잡념에 빠지기 위한 최적화 자세로 비스듬히 회의 테이블에서 다른 쪽으로 돌려져 있는 채였다.

아, 아무리 생각해도.

진짜, 하필.

'타고 가.'

그리고 씨익, 말려 올라가던 입매.

"왜 하필 심도훈이냐고, 왜. 차라리 그냥 내가 내렸으면 내렸지, 왜!"

그 자식이 이 엉망인 몰골을 봤느냐고, 것도 정면에서. 대체 왜! 왜!

절규를 하며 양손으로 애먼 머리칼만 쥐어뜯지 않았을 뿐 그와 얼추 비슷한 양상이었다. 그리고 그 순간 주위가 너무나도 고요해졌다. 뭐, 원래부터 시끄럽다기보다는 조용하고 차분한 분위기긴 했지만, 조금 전까지만 해도 어느 정도 말소리가 이어지고 있었던 것도 같은데 말이다.

"……그러니까 정 대리 말은 지금 이게 불만이라는 거야?"

주변이 고요한 탓에 테이블 위로 뻗어지는 팀장의 목소리는 너무나도 선명하게 들려왔다. 애정은 그제야 고개를 이리, 저리로 두리번거렸다. 그런 애정을 보며 기가 차다는 듯 볼펜을 탁, 소리 나게 내려놓은 팀장이 아니꼽다는 듯 제 양팔을 교차해 팔짱을 꼈다.

아니, 이게 지금 대체 무슨?

"아니, 정 대리가 지금 제일 한가해서 시키는 건데. 다른 팀원들 죄 스케줄 풀리고, 정 대리 지금 뭐 맡고 있는 중요한 일 없잖아?"

"……네? 네? 저요?"

그제야 자세를 똑바로 고쳐 앉아 제대로 정신을 차려 보니 애정을 제외하고 다섯 쌍의 눈들이 하나같이 그녀를 보고 있었다. 아주, 뚫어져라.

"그리고 차라리 내렸으면 한다는 건 또 무슨 뜻이야? 아아, 이번 일 맡을 바에야 차라리 관두겠다, 뭐 그런 맥락인가?"

"네에?"

대체 왜 행간의 흐름이 그리로 가는 거지?

애정은 당장에 그런 뜻이 아니라고 고개를 저었다. 아, 잠시 다른 생각을 하느라 뭔가 놓친 게 분명했다.

"저…… 죄송합니다. 방금 제대로 듣질 못해서……."

참 자랑이다. 누구는 뭐 듣고 싶어서 여기 앉아 있나. 대놓고 혀를 차진 않았지만 꼭 저를 보며 그러고 있는 듯했다. 언짢은 표정을 굳이 숨기지 않은 채 팀장이 한숨을 쉬곤 아까 했던 얘기를 한 번 더 반복하는 수고를 했다.

"새로 온 심도훈 선생 건 말이야. 입간판 말고는 마땅한 홍보 영상이 없잖아. 우리도 처음으로 JCI 인증도 받았고, 의료 관광 쪽으로도 굉장히 밀어붙이고 있는데 심 닥터 모셨으니 이 기회에 그에 걸맞은 홍보도 해야지. 이사장님께서도 적극 어필하셨고."

"아……."

"그래서 정 대리가 이번 건 맡으라고. 따로 급하게 처리해야 하는 일 지금 없는 걸로 아는데. 아니야?"

"아, 네. 없습니다."

"됐네, 그럼. 스케줄 조정은 심도훈 선생한테 직접 콜해서 상의하고. 불만 없지?"

아니, 사실 불만 많은데. 그 불만, 정말 너무나 많은데.

"아, 네. 그럼요. 제가…… 맡아서 진행하도록 하겠습니다, 하하."

"그래. 다음 주 내로 홈페이지에 업로드할 수 있게 잘 준비해."

"네, 알겠습니다."

"음, 그러면 전달 사항은 이제 더 없으니까 오늘 회의는 이만하면 될 것 같네. 자, 해산."

그 소리와 동시에 애정을 제외한 앉아 있던 팀원들 일동이 모두 의자를 밀고 일어나 회의 테이블에서 벗어났다. 애정만이 가장 마지막으로 느릿느릿하게 짐을 챙겨 본인의 자리로 돌아왔다.

"하아……."

제가 그렇게 많은 걸 바란 건 아니었다. 병원장의 심도훈 스카웃은 어차피 제 결정권 밖이었으니 그가 여기서 일을 하게 된 건 그래, 우연이다 치고 넘겨도 그냥 마주치지만 말기를, 자주 얼굴 부딪치지만 말기를 그 정도만 바랐었다.

그런데 그가 정식으로 출근하기가 무섭게 바로 보질 않나, 이제는 심지어 그에 관한 일거리까지 맡게 되었다.

아, 정말 너무 안 도와주시네.

진짜로.

"온 우주가 나를 등지고 있는 게 맞아."

젠장.

5

"픕."

오전 진료를 모두 마친 후 모니터로 진지하게 환자의 판독 결과를 살펴보던 도훈이 별안간 실소를 터뜨렸다.

마우스 휠을 아래로, 위로 굴리며 부위별로 잘 정리된 파일을 하나, 둘 살피다가 이내 그걸 포기하고 말았다. 그러곤 아예 고개를 푹 숙인 채 어깨를 들썩거렸다.

"푸흐, 푸하하하하, 아, 정애정, 진짜."

스르르 닫히는 엘리베이터 문 사이로 저를 향해 내비치던 황당하고 황망한, 그리고 짜증이 뒤섞인 복잡한 그 눈빛이 도저히 잊히지가 않았다. 딴에는 배려랍시고 올라갈 수 있게끔 내려 줬더니 저를 보자마자 돌변하는 얼굴이라니.

"하여튼 귀여워."

귀여운 건 여전하네, 정말.

똑똑똑.

오전 일을 생각하며 웃느라 의자에 아주 벌러덩 널브러져 있는데 갑작스런 노크 소리가 도훈의 귓가에 들려왔다. 그는 서둘러 자세를 고쳐 앉고 책상 위로 팔을 세워 턱을 괴었다. 짐짓 심각하고 진지한 표정으로 모니터를 뚫어져라 보고 있는 연출도 빼먹지 않았다. 그런 다음에서야 노크에 대한 답으로 목소리를 냈다.

"네."

"저, 선생님. 식사 안 하세요?"

문을 반만 밀어 열고는 우 간호사가 빼꼼 고개를 내밀어 도훈을 향해 물었다.

"아, 시간이 벌써 그렇게 됐나요?"

그렇게 말을 하며 도훈이 모니터 아래에 위치한 시계로 눈을 옮겼다. 아, 정말 시간이 벌써 점심때네.

"아니, 좀 전에도 말씀드렸었는데……."

"아, 그랬군요. 먼저들 가세요. 저는 좀 있다가 갈게요."

"네, 그럼 저희 먼저 나갈게요."

"네, 그러세요. 식사 맛있게들 하시고요."

퍽 상냥한 미소를 지어 보이자 간호사의 볼에 수줍음이 피어났다. 그게 수줍음인지, 뭔지 어차피 도훈의 관심사는 아니었던지라 굳이 궁금해하진 않았다.

밖에서 해결하는 것보다야 당연 구내식당이 훨씬 편했다. 식사 시간을 어중간하게 남기고 있어서 그런지 한차례 사람들이 훑고 지나간 식당 내부는 한산했다.

도훈은 제가 먹을 만큼의 몫을 푼 다음 어디 앉을까, 그냥 대충 아무 데나 앉아야지, 하다가 누군가가 시야에 딱 들어왔다. 밥을 먹는 둥, 마는 둥 깨작깨작 숟가락질이 영 시원찮은 정애정이 말이다.

"출근길에 엄청 급해 보이던데. 잘 타고 올라갔어?"

"아, 깜짝이야."

즐거워야 할 점심시간을 누구보다 우중충하게 보내고 있던 와중에 그 원인이 반갑지도 않게 떡하니 나타났다. 애정은 제 앞의 도훈을 확인하자마자 단박에 표정을 구겼다. 그러면서 주변을 한 번 빙 둘러보듯 살폈다. 어느새 듬성듬성 몇 명만이 남아 있는 식당 내부를 확인한 후 그를 보지도 않고 말을 했다.

"저기 다른 테이블에 자리도 많은데 왜 여기 앉는…… 아니, 왜 하필 여기에 앉으시는 거예요, 심도훈 선생님."

"그러니까. 자리도 많은데 어딜 골라 앉든 내 마음이지. 그래서 아침엔 잘 타고 갔느냐고."

꽤 친밀해 보이는 것 같은 대화 분위기에 대놓고는 아니지만 그래도 어느 정도 주변에서 흘끔거리는 게 느껴졌다.

새로 온 도훈의 얼굴을 못 알아보는 게 불가능할 정도로 현수막이며, 그의 사진들을 병원 여기저기에 걸어 둔 터였고 심지어는 이미 병원 측에서 밀고 있는 신경외과 의사로 널리 알려져 있기도 했다. 그런 그가 사람들의 입에서 일게 모르게 이슈거리가 되는 건 아주 당연했다.

애정은 괜히 주변의 눈치를 살폈다. 말까지 편하게 하면서 제 앞을 떡하니 차지해 앉는데 다들 저와 도훈이 무슨 관계인지 궁금해하는 눈들에 굳이 입 밖으로 소리를 내어 꺼내지 않아도 너무나 시끄러웠다.

"그거 생색내고 싶어서 여태 어떻게 참으셨대요? 네, 덕분에 아주 잘 타고 갔어요."

애정은 속삭이듯 속사포로 답했다.

"머리 그새 잘 말렸나 보다. 난 너 덜 말리고 나온 줄 알았어."

도훈은 빠르게 애정의 머리칼을 살폈다. 그 시선이 너무나 적나라해서 도무지 이쪽에서 모를 수가 없을 정도로 말이다.

"참나. 남이야 머리카락을 덜 말리든, 말든! 것보다 병원에서는 이렇게 아는 척 마시죠, 심 선생님."

"안 어울리게 왜 꼬박꼬박 존칭이야? 너답게 해, 너답게. 이러면 나 적응 안 돼."

얼마 전엔 아주 투명 인간 취급하면서 가자미눈이더니.

"아니, 적응을 하시든지 말든지, 그건 제가 굳이 신경 쓸 바가 아니고요. 후우, 그냥 제가 자리를 옮겨서 먹도록 하죠."

수저와 함께 식판을 든 애정은 비어 있는 바로 옆자리로 이동했다. 그러자 기다렸다는 듯 도훈 또한 그녀를 따라서 한 칸 옆으로 이동했다. 마주 보는 자리를 고집스럽게 자처하면서.

"지금 이게 뭐…… 하시는 거죠?"

"밥 같이 먹자고."

"저는 혼.자. 혼.밥. 하는 게 취향이라서. 실례가 안 된다면 취존 좀 부탁드려도 될까요?"

들어는 보았을까나, 취향 존중.

"그러면 퇴근하고 나랑 단둘이 따로 저녁이라도 먹을래?"

그간 어떻게 지냈는지 얘기도 좀 나눠 보면서.

눈 한 번 마주치지 않고 태연하게 국이나 퍼먹으며 제게 하는 소리였다. 어째서 저런 말이 쉽게 나오는 건지. 게다가 저렇게 아무렇지 않은 표정을 하고서.

그에 애정은 탁, 소리 나게 들고 있던 숟가락을 내려놓았다. 이목을 피하고 싶다고 얘기를 해 놓고는 오히려 본인이 한 번 더 이목을 끄는 셈이었다. 또다시 아차, 싶어서 애정은 도훈만 들리게끔 목소리를 냈다.

"농담하시는 거죠?"

속삭이듯이 던지는 질문에 도훈 또한 몸을 낮추고 애정을 향해 속삭였다.

"아니, 진담인데."

"기가 막혀서."

낮췄던 몸을 다시금 뒤로 하고 애정은 손부채를 만들어 부채질을 했다. 설마, 제가 지금 제대로 들은 게 아니겠지. 밥을 먹자니. 뭐 행복하게 떠들 일이 있어서 같이 밥을 먹자고 할까. 그리고 아까 뭐라고 했지? 어떻게 지냈는지 얘기도 좀 나눠 보면서? 히, 참.

"왜, 고작 밥 한 끼 하는 건데. 별로 어려운 것도 아니잖아."

도훈은 정말 궁금하다는 양 물었다. 그에 애정은 단호하게 눈을 치켜뜨며 답했다.

"네, 고작 밥 한 끼라도 못 해요. 그쪽은 그게 쉬워도 어렵거든요, 저는. 식사 야무지게 하세요. 전 누구 때문에 밥맛이 떨어져서, 이만."

식판을 들고 미련 없이 의자를 밀고 일어나는 애정과 달리 도훈은 앉은 자리에서 더 이상 움직이지 않았다. 저라고 밥맛이 남아 있어 그런 건 아니었지만 어쨌든 이쯤 하면 됐다, 싶은 마음에서였다. 그러다 제 곁을 지나치는 애정을 향해 꼭 혼잣말인 것처럼 작은 목소리로 말을 건넸다.

"이렇게라도 얼굴 한 번 더 봐서 좋다, 오늘."

그 말이 뭐 대단하다고 뚝, 걸음이 멎는다. 또 바보같이. 그걸 그냥 무시한 채 지나치질 못하고.

"……."

"넌 어떨지 몰라도 나는 그렇다고, 정애정."

언제 그렇게 비가 퍼부었냐는 듯 거짓말처럼 날이 개었다. 집으로 돌아오는 내내 귓가에 선명하게 맴도는 목소리 하나가 청명한 하늘과는 달리 애정의 기분을 계속해서 우중충하게 만들었다.

'이렇게라도 얼굴 한 번 더 봐서 좋다, 오늘.'
'넌 어떨지 몰라도 나는 그렇다고, 정애정.'

호명의 마법이라는 게 있다. 누구에게나 그럴지는 몰라도 어쨌든 제겐 그랬다. 저를 부르는 톤, 분위기, 음색, 속도. 꼭 심도훈이 부르는 제 이름은 유난히 짙고 어쩔 때는 고압적이기까지 했다. 마치 거부할 수 없게끔, 그냥 지나칠 수 없게끔 만드는. 그러니까 어쩌면 불가항력이라고밖에 설명할 수 없게끔.

이제 와 뭘 하고 싶은 건지 제 눈앞에 나타난 이후로 도훈은 알 수 없는 말들을 떠들어 댄다. 그리고 그게 뭐라고 그 순간 두 발을 우뚝 세우고 가슴속에 달려 있던 추 하나가 저 아래로 철렁이며 내려앉았다.

"……."

다 잊었다고 그렇게 자부했는데 어쩜 그의 말 한마디와 표정 하나에 참 쉽게도 마음이 울렁였다. 이렇게 간단할 수가. 스스로 한탄스럽기까지 했다.

"아니, 난 아니야."

쿵, 버스 창에 그대로 머리를 박았다. 창이 얼마나 진동을 했는지, 제 머리는 그로 인해 얼마나 아픈지 따위 상관없었다. 계속해서 귓가로, 머릿속으로 날아드는 그 목소리가 그렇게라도 잊히길 바라면서 한 번 더 쿵, 박았다.

제발, 흔들리지 말자.

출근하기가 무섭게 애정은 병원 홈페이지에 있는 도훈의 진료 스케줄을 확인했다. 진료 시간 외의 개인 스케줄은 본인에게 직접 묻지 않는 한 파악하기 힘들겠지만 어쨌든 딴에는 최대한 대화를 최소화하기 위해 머리를 굴리고 있었다.

"월, 화, 수는 오전, 오후 종일 진료. 목요일은 휴진. 금요일은 오후 진료만. 토요일은 격주로 오전 진료."

굵고 큰 글씨로 신경외과 전문의 심도훈의 타임 테이블을 완성했다. 어쩌면 제 업무 스케줄보다도 더 꼼꼼하게 적었는지도 모른다. 그러고는 수화기를 들어 신경외과 간호사실로 전화를 걸었다.

— 네, 신경외과입니다.

"아, 안녕하세요, 선생님. 홍보팀 정애정인데요."

— 아, 네.

"다름이 아니라 심도훈 선생님 홍보 영상 촬영 때문에 연락드렸어요. 외래 진료 보시는 것 외에 스케줄을 좀 알고 싶어서요."

— 아, 그거요. 네, 저희도 전달받았어요. 그런데 선생님께서

홍보팀에서 연락 오면 직접 찾아와 달라고 얘기하셔서요.

"아…… 그래요?"

— 네. 심 선생님 오늘 오후에 진료 예약이 4시까지라서 그 이후에 오시면 시간이 좀 날 듯한데. 오후에 오신다고 메모 남겨 둘까요?

차일피일 미룰 수만 있다면 차라리 세월아, 네월아 하면서 미뤄 두고 싶었다. 하지만 공은 공이고, 사는 사. 초조하게 펜을 돌리고 있던 걸 이만 내려 두고 고개를 끄덕였다.

"네, 그럼 그렇게 메모 부탁 좀 해도 될까요? 그때 제가 찾아갈게요."

— 알겠습니다. 선생님 오시면 메모 전달해 놓을게요.

통화가 끝나자마자 한숨을 푸욱 내쉬었다. 오후 4시가 되려면 아직 6시간 하고도 10분이나 더 남아 있는데 왜 이렇게 가깝게 느껴지는지, 원.

"저 잠깐 신경외과 다녀올게요."

그렇게 말을 하곤 사무실을 나서는데 두 발에 모래주머니라도 달린 것처럼 발이 무거웠다. 심지어 계단으로 가는 것도 아니고, 몸 편하게 엘리베이터를 타고 가는 것임에도 불구하고 꼭 몇 키로 걷기 대회라도 한 것처럼 온몸이 피로해졌다.

"새로 온 심 선생님 말이야."

엘리베이터에 미리 타 있던 간호 실습생 두 명 중 하나가 도훈의 포스터를 가리키며 조용하던 공간의 침묵을 깼다. 그에 애정은 본인도 모르게 그쪽으로 귀를 쫑긋 세웠다.

"응, 왜?"

"너무 멋있지 않아?"

"너 봤어? 난 아직 실물로 못 봤어. 안 그래도 직접 본 사람들이 다들 한마디씩 하던데."

"목소리도 완전 멋있고. 그 미소 하며. 심부름 한 번 갔다가 어찌나 발이 안 떨어지던지."

아이고. 퍽이나. 목소리가 뭐가 멋있어? 미소는 개뿔. 하여튼 번지르르한 겉모습에 속으면 안 돼요, 이 사람들아.

"진짜? 네가 그러니까 궁금하잖아. 실물 장난 아니야?"

"내 말 믿어. 이건 사진이 영 못 나왔어."

하긴. 뭐, 그렇지. 몇 날 며칠째 들여다보아도 사진이 영 못 나오긴 했다는 결론은 저 또한 같았다.

"이 정도 스펙이면 여자 친구 있으시겠지, 당연히?"

"그렇겠지? 이런 남자랑 사귀는 여자는 얼마나 행복할까. 전생에 나라를 구해도 한 번이 뭐야? 적어도 세 번은 구했을 것 같아."

전생에 세 번이나 나라를 구했는데 현생에서 보상받는 게 고작 심도훈이라고?

도리도리.

차라리 노땡큐다. 안 받고 만다, 안 받고. 그게 더 훨씬 명예롭지, 암.

얼마나 행복할까? 그래, 나도 처음엔 그랬었다. 더할 나위 없이 행복할 거라고 착각했었다. 그 착각의 늪에서 허우적허우적 가라앉고 있는 것도 모른 채.

띵.

경쾌하게 울리는 도착음 소리에 애정은 이만 비스듬히 기대어 있던 몸을 바로 했다. 여전히 도훈의 사진 앞에 서서 수다 삼매경인 그녀들을 한 번씩 번갈아 쳐다보고는 고개를 절레절레 저었다.

"안녕하세요? 저, 오전에 연락드렸던 홍보팀 정애정 대리인데요."

"아, 네. 오셨어요? 선생님 지금 잠깐 자리 비우셔서. 안에 들어가서 기다리시면 돼요. 금방 온다고 하셨으니까 잠깐만 계세요."

아니, 온다는 거 미리 알고 있었으면 그 자리에서 엉덩이 딱, 붙이고 기다리고 있지는 못할망정 뭐? 자릴 비워? 하여튼 이런 작은 약속도 못 지키지, 또. 사적인 것도 아니고 다분히 공적인 건데도. 하여간 사람이 참 그대로야. 하나도 변하지 않고.

인상이 단번에 팍 구겨졌지만 애먼 간호사들한테 그런 제 심기를 티 낼 수 없어 애정은 서둘러 미소를 지었다.

"네, 그럴게요. 진료실 위치가?"

"바로 돌아서 왼쪽으로 쭉 가시면 돼요."

"네, 알겠습니다."

왼쪽으로 쭉, 이라는 간호사의 손가락 지시에 따라 애정은 '신경외과3 심도훈' 팻말이 걸려 있는 문 앞으로 주춤주춤 걸어갔다.

방 주인이 부재중인 걸 알고 있음에도 괜히 긴장이 되고 몸이 뻣뻣하게 경직되었다. 여차하면 손바닥에 땀도 배어 나올 지경이었다.

"아니, 뭐. 긴장을 하고 그럴까, 이게 뭐라고."

스스로가 어이없다는 듯 혼잣말을 하고 그거로는 부족한지 어깨를 스트레칭하듯 앞으로, 뒤로 잘게 털었다가 손가락을 모아 쥐고 똑, 똑 노크를 했다. 그래 봐야 안에서 대답해 줄 리가 없다는 걸 알면서도 자연스레 배어 나온 행동이었다.

"흠. 들어오세요, 가 아니라 들어가세요, 라고 해 줘야 하는 건가, 이럴 땐?"

당연히 돌아오는 말은 없겠거니 하던 예상과는 달리 대답이 들려왔다. 문 너머에서가 아니라, 문밖에서. 더 정확히는 뒤통수가 따갑도록 너무나 가까이에서 말이다.

애정은 퍼뜩 뒤로 돌아 고개를 들어 올렸다.

"뭐…… 뭐야. 잠깐 자리 비웠다고 하던데? 아, 아니. 자리 비우셨다더니, 요."

"말 그대로 잠깐이라 금방 온다는 말은 못 들었나 봐, 요. 자, 들어가실까요? 정애정 대리님."

도훈은 굳이 애정의 어깨 너머로 손을 뻗어 미닫이문의 손잡이

홈을 잡고 드르륵 문을 열었다. 멀리서 보면 애정이 그의 품에 포옥, 안겨 있는 형상이었다. 그에 일순 심장이 제멋대로 콩닥콩닥 뛰었다.

"직접 열어도 되는데 뭘 굳이……."

"야, 너 혹시?"

"호, 혹시 뭐?"

"요즘도 막 문 이렇게 잡아 주는 거에 설레고 그러는 거야, 너?"

하마터면 그렇다고 대답할 뻔했다. 것도 뒤에서 이렇게 듬직하게 잡아 주고 있으면 심박수가 고공 행진을 하는 데 전혀 문제 될 게 없었다.

애정은 마치 보란 듯이 거세게 고개를 흔들었다.

"아니? 완전 아닌데?"

강한 부정은 강한 긍정이라고도 하던데. 도훈은 애정의 반응을 보며 눈을 가늘게 떴다.

"표정은 아닌 게 아니라 완전 맞는 것 같은데."

"무, 뭐 내가 뭐, 언제 그랬다고 그래……세요? 여기서 이렇게 시간 죽이지 말고 들어가기나 하죠?"

고작 그게 뭐라고 얼굴이 달아오르며 눈을 못 맞추기까지 하는데 여기서 더 있다간 그런 제 상태를 들킬까 싶어 애정은 얼른 안으로 쏙 들어갔다.

여태 많이 보아 왔던 다른 진료실과 별반 다를 바 없으면서도 미묘하게 다른 도훈의 공간이었다. 그러니까 곳곳에서 그의 취향이 확실하게 보인다고나 할까. 거추장스러운 장식 같은 것도 싫어하고, 방향제의 냄새가 아무리 은은해도 머리 아프다며 싫어하는 그의 책상이며 책장은 너무나 깔끔해서 조금은 휑하게 느껴지기까지 했다.

별로 크지도 않은 실내를 서 있는 채로 눈알만 굴려 빠르게 훑어보는데, 연필꽂이 옆으로 가지런히 놓인 색깔 볼펜들 중 하나가 마저 다른 곳도 구경하려는 애정의 시선을 사로잡았다.

"……."

이 공간에서 꽤 이질적으로 자리하고 있는 그 펜 한 자루는 그와는 전혀 어울리지 않았다. 오리 캐릭터의 머리가 커다랗게 붙어 있는 펜. 그러니까 예전에 제가 선물했던 '그' 펜이었다.

'이런 걸 뭣 하러 사.'
'왜, 귀엽잖아. 은근 오빠랑 어울리기도 해.'

그래도 한번 눌러 보거나 어디 써 보기라도 했으면 좋으련만 그는 펜을 보자마자 시큰둥했다.

'됐어, 너 써.'
'오빠 생각 나서 오빠 주려고 샀단 말이야. 굳이 사용하지 않

아도 돼. 그냥……'

'그러니까 쓰지도 않을 걸 뭘 하러.'

펜 한 자루에 솟아나는 기억 하나. 겹치는 대화들이 빠르게 귓가를 훑고 지나갔다.

"일단 앉아. 뭐, 음료라도 마실래?"

서둘러 펜에서 눈을 떼 버렸다. 선물로 줬을 때는 이런 걸 어떻게 쓰냐며 그렇게 싫다는 표정으로 괜히 사람 무안하게 만들더니 이제 와 저렇게 보란 듯이 올려놓고 있으면 달리 무슨 감흥이 있을까.

"괜찮아요, 저는."

"왜, 여기 너 좋아하는……"

아까부터 한쪽이 볼록했던 도훈의 가운 주머니였다. 그는 주머니에 손을 넣고 볼록한 무언가를 꺼내려고 했지만 단번에 말허리를 자르고 들어오는 애정 때문에 그렇게 할 수가 없었다.

"제가 아직 처리하지 못한 업무가 많아서요, 여기 오래 못 있어요. 괜찮다면 그냥 바로 얘기 나눴으면 하는데요, 심 선생님."

아까는 문을 잡아 주는 것에 당황해서 눈을 마주하지 못했다지만 이번에는 의도적으로 도훈과 눈을 마주치지 않고 있었다.

시선을 아래로 내리깐 채 들고 온 수첩을 펼쳐 드는 애정을 보며 도훈도 이만 멈춰 서 있던 걸 관두고 그녀의 맞은편으로 자리를 잡고 앉았다. 푹, 그의 무게만큼 소파의 솜이 가라앉았다.

"홍보 영상이라고 해서 그렇게 거창하거나 한 건 아니고요. 마침 병원 홈페이지 리뉴얼도 했고, 입소문도 벌써 났으니까 좀 더 심 선생님에 대해 알릴 겸, 환자분들께 질환 정보도 전달할 겸 올릴 거예요. 그래서 시간도 그다지 많이 안 뺏을 거고요."

다분히 사무적인 말투. 눈 한 번 마주침 없이 나열하는 애정의 설명이 어째서 이다지도 이질적으로 닿는지 모르겠다. 그런 도훈을 아랑곳하지 않은 채 애정은 계속해서 말을 이었다.

"심 선생님이 주로 뇌 쪽을 다루시니까 요즘 사람들이 겪고 있는 질환에 대해서 설명해 주시고, 자가 진단이라든지 선생님만의 치료 방향도 덧붙여서 설명해 주시면 돼요. 간단한 인터뷰라고 생각하시면 쉬울 것 같네요. 장소는 바로 여기서 할 거니까, 시간 괜찮으실 때 촬영 도와주시는 분들이랑 스케줄 맞춰서 진행할게요."

미리 짜 놓기라도 한 듯 다다다 쏟아 내면서 단어 한마디 어긋나는 것도 없었다.

"뭐, 더 궁금한 거 있으세요?"

앞쪽에서 가타부타 아무런 대답이 없자 그제야 애정의 고개가 도훈 쪽으로 올라갔다. 그는 그저 가만히 앉아서 빤히 애정을 보고만 있을 뿐이었다.

눈을 깜빡이는 소리마저 마치 큰 소음이 될 만큼 잠시간의 정적이 흘렀다. 한 번 피하지도 않고 제 쪽으로 올곧게 시선을 두고 있는 도훈 때문에 애정은 결국 제가 먼저 눈을 피했다. 게다가 하는 수 없이 적막을 깨는 것도 애정의 몫이었다.

"설명…… 더 해요?"

물음표를 달면서도 괜히 눈치가 보였다. 제가 보기엔 이보다 더 명쾌할 순 없었다, 완벽한 설명이었고 설사 어디가 부족했더라도 제대로 못 알아들었을 리 없는 도훈이었을 텐데.

"아뇨, 다 이해했어요."

여전히 대답이 없으면 어쩌나, 했는데 다행히 도훈 쪽에서도 곧바로 답이 들려왔다. 그에 고개를 두어 번 끄덕인 애정이 기다렸다는 듯 다음 말을 이어 갔다.

"잘됐네요. 음, 제가 확인한 선생님 진료 스케줄을 살펴보면 월, 화, 수는 오전, 오후 풀로 외래 보고 목요일은 휴진이고 금요일은 오후에만 진료가 있으시던데."

"네, 맞아요."

"그러면 금요일에 좀 일찍 오셔서 촬영 진행하는 게 여러모로 좋을 것 같은데, 어떠세요?"

물론 토요일도 있긴 하지만 아무래도 주말이고 하니까.

"네, 괜찮습니다."

"저희가 희망하기로는 이번 달 안으로 촬영을 마쳤으면 해요. 그래도 최대한 선생님 스케줄에 맞추는 방향으로 해야 하니까 시간 괜찮은 주 말씀해 주시면 그 날짜로 예정 잡을게요."

가지고 온 수첩의 달력을 열어 빠르게 쭉 훑어본 애정이 도훈의 말을 듣고 받아 적을 준비를 마쳤다. 그러고는 대답을 기다리는 듯 도훈 쪽으로 시선을 옮겼다.

"……."

별안간에 희한한 눈빛이었다. 뭔가 불만인 것 같기도 하고, 아닌 것 같기도 하고. 당최 알 수 없는 표정으로 앉아 있는 그를 확인하고서 애정은 괜히 목구멍이 답답해졌다. 마주하고 있는 게 불편한 건 오히려 저임에도 불구하고 꼭 저쪽에서 대단한 불편을 감수하는 것처럼 느껴졌기 때문이다.

"저기 아까도 말씀드렸지만 제가 아직 남은 업무가 있어서요. 중간, 중간 이렇게 대답이 없으시면……"

대체 뭘 어쩌란 말이냐고.

"생각하는 중이에요."

"네?"

"얼마나 지난 금요일이 적당할지, 그러니까 언제쯤이 되는 금요일이 괜찮을지. 당장 이번 주는 어떨지, 힘들다면 다음 주는? 그것도 어렵다면 다다음 주는, 하면서."

"아, 이번 달 안으로 마치고 싶다는 건 단순히 희망인 거지 굳이 꼭 이번 달 안일 필요는 없어요. 일이 많으시면 다음 달로도 충분히 조율할 수 있으니까……."

"오후 진료를 제외하고 특별한 일은 없어요. 이번 주도, 다음 주도, 다다음 주도. 물론 다음 달 금요일도 다 통틀어서 말이에요."

말을 다 잇기도 전에 또다시 가르고 들어오는 도훈의 말에 애정이 보란 듯이 미간을 구겼다.

정해진 스케줄이 있는 게 아니라면 누가 봐도 답이 나온 상황이 아닌가? 이쪽에선 빠르면 빠를수록 좋다는 뉘앙스로 충분히 어필을 한 상태인데 마치 말장난을 하는 듯한 그의 태도가 탐탁하지 않았다. 잇새로 짜증을 삼켜 내며 애정은 애써 목소리를 가다듬었다.

"그러세요? 그렇다면 아무래도 빠르면 빠를수록 선생님께서도 추후에 신경 쓰시거나 하지 않아도 되니까 다가오는 금요일은 어떨까요? 그러니까 내일모레가 되겠네요."

혹여나 요일 감각이 없을까 봐 들고 있던 달력 페이지를 보란 듯이 내밀며 말을 했지만 도훈은 그걸 한 번 스치듯 볼 뿐 자세히 들여다보거나 날짜가 언제인지 확인해 본다든가 하는 시늉도 하지 않았다. 그저 애정의 두 눈만 빤히 보며 입술을 열었다.

"정 대리님이 괜찮은 금요일은 언젭니까?"

"아니, 제가 괜찮은 금요일로 하자는 게 아니라."

"나를 봐서 괜찮은 금요일이 언제냐고 묻는 거야."

제법 단호한 목소리가 훅 하고 귓가에 감겼다. 흔들림 하나 없이 일직선으로 뻗어 오는 시선을 가만히 감당하다가 애정은 곧장이을 말을 잊고 말았다.

"……"

"그래서 생각 중이라 한 거고. 당장 이번 주 금요일이 괜찮다면 그렇게 진행해. 이번 달 안으로 일 마무리하면 너한테 좋을 거니까. 그런데 당장 내일모레에 날 보는 게 괜찮지 않다면 내 쪽에서도 안 괜찮아."

명확한 발음은 어디 하나 새는 곳 없이 너무나 정확해서 절대로 잘못 알아들었을 리가 없었다. 그럼에도 한번 막힌 말문이 다시 트이기까진 수 분 정도의 시간이 필요했다. 너무나도 아무렇지 않게 훅, 꼭 아무런 일도 없었다는 듯이 툭. 이게 지금 저와 무엇을 하자는 건지 알 수가 없다.

"심도훈 선생님."

흐르려는 한숨을 삼켜 내고 애정이 표정 없는 어투로 도훈을 불렀다. 도훈 쪽에서 돌아오는 이렇다, 할 대답이 없어도 애정은 제 말을 이어 나가기 시작했다.

"여기 병원이에요. 저보다 더 잘 알 만하신 분이 왜 이런 실수를 반복하시는지 모르겠네요. 공과 사는 확실히 구분 지어 주셔야죠. 게다가 아무리 분리되어 있는 공간에 있다고 한들 이러니, 저러니 사담을 나눌 만큼 친근한 사이는 아니지 않나요, 우리 사이가?"

"어째서 친근한 사이가 아니야, 우리 사이가."

친근하다 못해 특별함으로 넘쳐 나는 사이가 아닌가, 우리 사이가.

"후우, 저라고 지금 편해서 이러고 있는 게 아니니까 협조 좀 부탁드리면 안 될까요? 자꾸 이런 식으로 곤란하게 끌어가지 말고요."

"내 금요일 스케줄은 충분히 알려 줬으니까 그중에서 네가 고르기만 하면 돼. 네 말대로 이 대화를 빨리 마무리하고 싶으면 말이야. 단, 내가 얘기한 조건은 변함없어. 네가 괜찮은 금요일. 네가 날 봐서 그렇게 가자미눈을 하지 않을 그런 금요일이면 좋겠어, 나는."

답답한 공기가 좁은 공간을 온통 휘감았다. 펜을 쥐고 있는 애정의 손엔 꽉, 하고 힘이 들어갔다.

봐, 또 이렇게 너는 너무나도 쉽지. 모든 게 너무나도 물 흐르듯이 자연스럽고 편하고 아무렇지 않지.

"한 번을……."

"……."

"도무지 한 번을 내 말을 안 들어."

"……."

마무리되거나 정해진 건 단 하나도 없었지만 더 이상 앉아 있을 수가 없어 애정은 이만 볼펜을 낱장 사이에 꽂아 넣은 후 들고 있던 수첩을 탁, 소리 나게 덮고 자리에서 일어났다. 그런 애정을 보고도 어떠한 미동도 없이 눈으로만 물끄러미 동선을 좇는 도훈이었다.

"괜찮은 금요일이라고 했니? 내가 널 봐서 괜찮을 금요일? 그런 건 없어. 전에도 그랬고, 앞으로도 계속 그럴 거야."

또각, 또각, 또각. 문으로 걸어가는 애정의 발걸음 소리가 마치 심장을 때리는 것처럼 도훈의 귓가를 울렸다.

"그러니까 그냥 이번 주 금요일로 해요. 진료 시간에 방해되지 않게 오전 중으로 촬영 스케줄 잡아 놓을게요. 정확한 시간이나 이런 건 촬영 기사님이랑도 얘기를 해 봐야 하니까 정해지는 대로 서면으로 연락드릴게요."

짧은 묵례를 뒤로하고 애정은 이만 도훈의 진료실 문을 열고 나왔다. 스르르 부드럽게 닫히는 문이라 둔탁한 소리를 동반하지 않았음에도 불구하고 뒤에서는 꼭 그만치의 소란이 들린 듯 일순 귓가가 멍해졌다.

"······어쩌면 변한 게 하나도 없지, 너는."

시간이 흐른 만큼 아주 조금이라도 무언가 변한 게 있었더라면 좋았을 것이다. 어차피 그런 기대 같은 건 하지 않았음에도 불구하고 막상 그대로인 도훈과 마주하자니 답답함이 명치에서부터 치미는 것 같았다. 짧은 한숨을 뒤로하고 애정은 그렇게 도훈의 진료실을 벗어났다.

"후우······."

괴로운 한숨인 양 도훈의 입 새로 짙고 무거운 숨이 흩어졌다. 답지 않게 상념이 그득한 얼굴은 썩 지켜볼 것이 못 될 만큼 어두웠다.

소파 등받이에 깊숙이 몸을 파묻으며 기댄 그는 손 하나를 들어 이마 위에 얹었다. 그러고선 다시금 양손을 모아 마른세수를 하듯 얼굴을 쓸었다.

'한 번을……'

'도무지 한 번을 내 말을 안 들어.'

'괜찮은 금요일이라고 했니? 내가 널 봐서 괜찮을 금요일? 그런 건 없어. 전에도 그랬고, 앞으로도 계속 그럴 거야.'

"왜 이렇게……"

가슴이 아픈 걸까. 대체, 어디서부터 얼마나 잘못되어 있는 걸까. 너한테, 나는. 고치려면, 이제 와 다시 되돌리려면 내가 어디서부터 시작하면 되는 거니, 응?

시간이 얼마나 지났는지 몰랐다. 먼저 퇴근을 알린 간호사들이 다녀간 지가 조금 전이었나 아니면 훨씬 전이었나. 아니, 그보다 더 전에, 저 문을 밀고 애정이 나갔던 지가 언제였더라. 모르겠다.

"……."

소파에서 몸을 일으키자 가운 주머니로 묵직한 무언가가 느껴졌다. 도훈은 그대로 손을 넣어 그것을 빼내었다. 빨갛게 잘 익은 사과 스티커가 앙증맞게 병을 두르고 있는 사과 주스. 그것을 아까 애정이 앉았던 자리 앞으로 살며시 올려 두었다.

"너 주려고 사 왔던 건데."

사과 주스 좋아하잖아, 너.

어쩌면 내가 모르는 수많은 것들 사이에서 내가 너에 대해 아는 몇 안 되는 것 중 하나에 불과한 것일지도 모르지만.

그래도 너 사과 주스 좋아하는 건 맞잖아.

"바보같이 또 늦었네, 내가."

6

"또 이거 마셔?"

"네."

"우리 사무실에서 이거 찾아 마시는 사람 정 대리 하나뿐일 걸?"

"왜요, 사과 주스가 과일 주스들 중에 제일 맛있는데."

게다가 그냥 사과도 아니고 무려 얼음골 사과라잖아요.

사과 주스 1병을 뜯기 시작해 벌써 3병을 연달아 비우고 있는 애정의 근처로 다가온 윤 차장이 고개를 절레절레 저었다. 맛이 없는 건 아니지만 다른 것도 아니고 유독 사과 주스만 고집하는 애정이 조금 신기하기도 했다.

"그래, 많이 마셔. 참. NS 심닥 홍보 영상 건은 어때, 잘 진행돼 가?"

왜, 하필 또 말을 걸어도 그런 주제를. 그에 애정이 일부러 윤차장 쪽으론 고개도 돌리지 않고 답을 했다.

"뭐…… 그럭저럭 돼 가고 있어요."

"듣자 하니까 그다지 까다로운 사람은 아니라고 하던데. 젠틀하고 괜찮다고."

"아."

그건 듣자 하니까 입장이라 그런 걸지도.

자동으로 심드렁하고 퉁명스런 반응이 나왔다. 관심도 없는 주제에 대해 이러쿵저러쿵 떠들고 싶지 않기에 더욱 그랬지만 윤차장은 다른 것 같았다.

"얼마 주고 우리 병원으로 데려왔을까, 심닥? 연봉 모르긴 몰라도 어어엄청 했겠지?"

"글쎄요."

"얼마나 불렀을까, 몸값으로? 세연병원도 마다하고 우리 도경으로 온 건데."

그가 받는 월급이 굉장한 관심거리라도 된다는 듯 선 채로 팔을 괴고 윤 차장은 자연스레 도훈을 화두에 올렸다.

"딱히 뭐 얼마 달라, 이 정도면 온다, 이러고 온 건 아닐 거예요. 어차피 그런 거에 연연해할 사람도 아니고."

"응?"

"네?"

"어차피 그럴 사람도 아니란 건 정 대리가 어떻게 알아?"

아.

제가 대체 왜 저런 말을 한 거지. 애정은 뒤늦게야 아차 싶어 눈을 이리로, 저리로 굴렸다.

"음, 그게…… 아, 촬영 날짜 잡는다고 만났었잖아요. 그래서 그냥 이미지가, 뭐, 그랬어요. 왜 그런 거 있잖아요, 그냥 딱 한 번 보고도 아, 그럴 사람은 아닐 거다, 하는?"

"아, 그래?"

"네. 그렇게 보였어요, 하하. 물론 제가 틀릴 수도 있고요."

꿀꺽꿀꺽. 당황스러운 마음에 애정은 남아 있던 사과 주스를 단숨에 들이켰다.

"뭐, 그런가? 어쨌든 엄청 받는 건 사실일 거야. 하, 나는 언제쯤 그렇게 억 소리 나게 만져 볼까. 통장 잔액 확인 같은 거 안 하고."

다행히도 윤 차장의 관심은 일관적이게 도훈이 얼마나 받느냐, 하는 것에만 머물러 있었다. 애정은 조심스레 안도의 한숨을 내쉬었다. 생각해 보니 어쩌면 공과 사를 구분하니, 못 하니 하며 도훈만 나무랄 게 못 될 수도 있겠다, 싶은 생각에서였다. 너무나도 아무렇지 않게 혹, 꼭 아무런 일도 없었다는 듯이 툭, 저 또한 습관이자 버릇처럼 제게 그가 남아 있다는 걸 부인할 수가 없으니 더욱 그랬다.

불편하고 달갑지 않은 금요일이 오고야 말았다. 도훈이 같은 병원에서 근무를 한다는 것만으로도 싫은데 왜 하필 이 일을 제가 맡아야 했는지.

"타이는 안 하고 찍으실 건가요?"

가운을 걸친다고는 하지만 그냥 와이셔츠 단독 차림이면 보기에 조금 그럴 것 같기도 한데.

홍보 영상 촬영을 위해 시간 맞춰 나타난 도훈을 보며 애정이 살짝 의아한 듯 물었다. 이런 차림에 관해서라면 구태여 말을 해 주지 않아도 본인이 알아서 더 잘 준비를 할 텐데.

"못 골랐어요, 아직."

"아. 시간 여유 있으니까 그럼 천천히 고르세요."

"대리님이 좀 골라 줄래요?"

"네?"

"아무래도 여자 안목이 필요할 것 같아서요."

도훈은 마치 애정의 그런 질문을 기다리기라도 했다는 듯 의자 위에 걸쳐 놓았던 넥타이 두 개를 가져와 그녀의 앞으로 내밀었다.

"둘 다 어울릴 것 같으니까 더 손이 가는 쪽으로 해요."

애정은 도훈의 타이를 보는 둥 마는 둥 알아서 하라는 양으로 그의 앞을 떠날 심산이었지만 그게 마음처럼 잘 되질 않았다. 탁, 하고 손목을 잡아채는 그의 손길 때문에 그러했다. 잔뜩 당황한 애정이 잡혀 있는 제 손목을 한 번 보았다가 그걸 잡고 있는 도훈을 올려다보았다.

"지금 뭐 하시는 거예요?"

"별로 어려운 부탁도 아니잖아요."

"심 선생님."

"자, 이게 첫 번째. 그리고 이게 두 번째. 뭐가 더 나아요?"

도훈은 잡고 있던 애정의 손목을 잡아당겨 보란 듯이 그녀를 제 쪽으로 세워 두고 넥타이를 하나씩 번갈아 제 와이셔츠 위로 매치를 해 보였다. 내키지 않음을 온 얼굴에 잔뜩 드러내고 있는 애정의 표정 같은 건 눈에 들어오지도 않는 것 같았다.

"이거요."

무엇 하나를 고르지 않으면 고를 때까지 저를 잡아 둘 것 같아서 애정은 대충 아무거나 손가락이 가는 쪽을 골랐다.

"이거는 무늬가 너무 별로지 않아요?"

"……그럼 옆에 거요."

"이건 색깔이 좀 안 맞는 것 같기도 하고."

"참나. 이건 이래서 이상하고 저건 저래서 이상하다 할 거면 대체 뭘 선택하라는 거예요?"

"무늬가 어떤지, 색깔은 무슨 색인지 제대로 보지도 않았잖아요."

"네?"

"제대로 보고 골라 줘요, 그러니까."

눈대중으로 슥, 슥 보는 거 말고 좀 더 성의 있게 보면서.

어째서 이런 요구를 이렇게 당연하게 하고 있는 걸까. 애정이 기가 차다는 얼굴로 올려다보았지만 도훈은 어깨를 한 번 으쓱하면서 다시금 들고 있던 타이 두 개를 하나씩 제 와이셔츠 위로 맞춰 볼 뿐이었다.

한숨을 한 번 길게 내쉬면서 하는 수 없이 도훈을 마주 보고 섰다. 한 뼘 하고도 반 정도 차이가 나는 키 때문인지 당장 정면으로는 정갈하게도 잘 채운 와이셔츠가 먼저 눈에 들어왔고 그에 맞추어 도훈이 타이를 천천히 제 가슴 위로 올렸다.

"……."

네이비색 배경에 중간중간 사선으로 버건디색이 들어간 것 하나, 옅은 자가드 무늬가 있지만 전체적으로 짙은 회색인 것 하나.

애정은 셔츠와 타이의 조합을 보면서 흘긋흘긋 도훈의 얼굴도 함께 보았다. 무엇을 어떻게 가져다 대도 잘 어울린다는 사실이 왜 갑자기 이렇게 짜증이 날까. 그렇게 보다 보니 조금도 못나진 곳 하나 없는 저 얼굴이 너무도 태연하게 저를 옛 감정으로 이끄는 것만 같은 착각도 일었다.

"회색이 더 괜찮을 것 같아요."

"이거 말이죠?"

"네."

"고마워요, 골라 줘서. 누가 보고 있는 촬영이라 되게 멋지게 나왔으면 싶거든요."

싱긋, 한 번 웃어 준 도훈이 셔츠의 깃을 올리고 능숙한 손길로 타이를 맸다. 하지 않았을 때도 완벽하게 멋졌지만 저까짓 타이 하나가 뭐라고 이렇게까지 또 더 멋있어지는 걸까.

"준비 다 되셨으면 진행할게요. 사전에 말씀드렸다시피 인사와 함께 간략하게 요즘 발병률 높은 뇌질환에 대해 알려 주시고 관련한 진료 방식 등에 대해 설명해 주시면 돼요."

"네, 그럴게요."

"저, 그러면 이제 촬영할게요."

애정은 미리 준비하고 있던 카메라 담당에게 눈짓과 함께 말을 전하곤 화면 밖으로 물러나기 위해 멀찌감치 뒤로 떨어졌다. 〈신경외과 심도훈〉이 각인되어 있는 유리 명패가 있는 책상에 앉아 도훈이 은은한 미소를 곁들이며 살짝 묵례를 했다. 카메라가 많이 익숙한 듯 그는 조금도 긴장하는 기색이 없었고 호흡이 긴 문장을 뱉어 내면서도 말이 꼬이거나 하는 작은 실수조차 하지 않았다.

애정은 이런 영상을 많이 찍어 보진 않았어도 더러 촬영을 해 봤었는데, 다른 선생님들은 종종 긴장을 해 매번 숨 쉬듯 편하게 말하던 의료 용어도 곧잘 발음이 꼬이곤 하던데 도훈은 그런 게 조금도 없었다.

"……."

직업이 직업인지라 당연하게도 본인이 몸담고 있는 분야에 대해서 술술 잘도 말을 하는데 그게 또 뭐라고 퍽 멋있어 보였다. 그럼에도 불구하고 이런 도훈을 보니 묘한 기분이 들었다.

마치 수년 전 그의 모습이 겹쳐 보인다고 해야 할까. 멀리서 보고 있는 것만으로도 좋아서 발을 동동 굴러 가면서 난리를 쳤던 저의 모습도 덩달아 기억이 났다. 바보 같았던 정애정. 심도훈만 바라보았던 심도훈 바라기 정애정.

"……이러한 분들은 그냥 방치하지 마시고 내원하셔서 진료를 받아 보시길 권장드립니다."

길지 않은 촬영은 실수 한 번 없는 도훈 덕에 매끄럽게 끝이 났다. 촬영을 마친 후 그제야 물을 한 모금 마시는 도훈을 시선으로만 좇던 애정은 그만 관뒀다. 어쩐지 그가 나타난 이후 그의 목소리 하나, 손짓 하나, 모든 것들이 죄 저를 과거로 끌어들이는 듯했다. 별로 유쾌한 느낌은 아니었다. 겨우 다 벗어났다고 생각했는데 제 의지와 상관없이 자연스레 반추가 되니 말이다.

"완전 프로같이 잘해 주셔서 덕분에 수월하게 촬영 끝났어요, 심 선생님."

"다행이네요."

"카메라 감독님도 딱히 손볼 곳이 없다고 하셔서 아마 편집도 금방 끝날 것 같네요. 조만간 병원 홈페이지에 올라올 거예요. 혹시나 문제 되는 부분 있으면 따로 말씀해 주세요."

"네, 그럴게요."

애정은 휴대폰으로 시간을 잠깐 확인한 후 이만 들고 왔던 것들을 주섬주섬 챙겼다. 촬영 장비들도 죄 나갔으니 저 또한 그의 진료실에서 벗어나기 위함이었다.

"애정아."

서둘러 단둘이 있는 걸 피하고 싶은 저의 마음과는 달리 퍽 익숙한 도훈의 목소리가 귓가로 훅, 하고 날아들었다. 다정한 듯 그렇지 않은 듯 그는 또 이렇게 너무나 쉽게 제 온 행동을 제어했다.

"……."

이렇다 할 대꾸가 없이 서 있자 도훈이 성큼성큼 애정의 곁으로 다가와 섰다.

"왜 이렇게 날 못 피해서 안달이야?"

그는 꼭 호소라도 하는 것 같았다. 마치 그게 억울하다는 것처럼.

"그러면 오…… 아니, 심 선생님께서는 왜 이렇게 저한테 관심 끌려고 안달인 건데요? 분명 공과 사 구분 지어 달라고 말했는데 아무렇지 않게 이름도 불러 가면서 말이죠."

"나 도경으로 선택한 거 쉬운 결정 아니었어."

"결정이 쉬웠든, 어려웠든 누가 그런 거 궁금하다고 했어요? 굳이 저한테 이유 같은 거 말할 필요 없어요."

"너 때문에 온 거라고, 여기."

"하, 뭐라고?"

피곤했다. 오늘 이게 뭐라고 어젯밤 잠을 설친 것을 비롯해 지금 이렇게 대치하고 있는 상황 자체가 저로서는 상당히 견디기가 힘들었다. 게다가 도훈이 대뜸 제게 쏟아 내는 저 말이 저로 하여금 더욱 피로를 가중시키는 것 같았다.

애정의 미간이 도훈을 향해 보란 듯이 구겨졌다.

"네가 이유야, 정애정. 난 너랑 다시 잘해 보고 싶어."

농담이 아닌 듯 퍽 진지한 목소리와 표정이었다. 설마하니 제가 잘못 들은 건 아닌 것 같았다. 애정이 짤막한 한숨을 내쉰 후 제 앞머리칼을 뒤로 쓸어 넘겼다.

"우린 이미 헤어졌어. 다시 뭔가를 해 볼 만한 사이가 아니야."

"사귀는 사람 따로 없다고 들었는데. 진지하게 연락하고 있는 사람도 없고."

"⋯⋯뭐?"

"내가 있는 힘껏 널 흔들면 어떡할래?"

"지금 나랑 장난해? 두 번 다시 너한테 흔들릴 일 없어. 그럴 거면 내가 너한테 왜 헤어지자고 했겠어. 너 혼자 지금 과거에 머물러 있는 건 아니지? 1년도, 2년도 아니고 무려 4년이야, 4년. 너랑 나, 이미 남남 된 지 그만큼 오래라고."

애정은 강조하여 말하며 손가락 네 개를 펴 도훈의 앞으로 흔들었다.

"기회를 좀 줘 봐. 너 때문에 내가 이렇게 도경으로 온 거 정상참작은 해 줘야 할 거 아니야."

이게 듣던 중 무슨 말도 안 되는 억지 논리인 거지? 하지만 듣는 이가 오히려 혼란스러울 정도로 너무나 당당한 표정으로 말을 하는 도훈에 애정은 어안이 벙벙하다는 얼굴을 했다. 여차하면 저

논리에 까무룩 넘어갈 수도 있었다. 애써 정신을 차리며 서둘러 대꾸를 했다.

"내가…… 내가 대체 왜?"

"아니면 증명을 해 보든지."

"뭐를?"

"내가 널 흔들었을 때 네 말대로 두 번 다시 나한테 흔들리지 않을 수 있는지."

"그러니까 대체 왜 그걸 해야 하느냐고."

"제대로 해 볼 생각이니까, 나는."

"여기 진료는 환자를 볼 게 아니라 네가 직접 받아야겠다."

애정은 검지를 세워 제 머리를 한 번 가리켰다.

"난 진지해."

"참나. 너는 진지하고 그러면 내 대답은 뭐 그냥 농담 따먹기 야? 나는 단순히 나 혼자 농담이나 하고 그러고 있는 것처럼 보 여?"

"너라고. 다 접고 도경으로 온 이유가 네가 전부라고."

"그걸 나더러 믿으라고 하는 소리야? 뼛속까지 너 하나만 생각 하고, 오로지 네 위주로만 판단하고, 죄다 너 편한 방식으로만 하 는 사람이 이제 와 나타나서 내가 이유라고? 하!"

누구보다 잘 안다고 자부할 수 있었다. 그를 만난 시간이 짧은 시간이 아니었던 만큼 애정은 도훈의 성향을 어쩌면 그 자신보다 도 더 안다고 말할 수 있었다. 때문에 이제 와 제가 이유라는 둥,

다시 잘해 보고 싶다는 둥 떠드는 그의 말이 귓속에 조금도 진짜처럼 들리지가 않았다.

"너랑 헤어지고 내가 어떻게 보냈는지 모르잖아."

"너야말로."

"……."

"너야말로 너랑 헤어지고 내가 어떻게 보냈는지 모르잖아. 얼마나 힘들게 잊어 냈는지, 얼마나 안간힘을 써서 지워 냈는지 다 모르잖아."

그 시간들이 얼마나 지옥 같았는지 조금이나마 알기라도 해? 아니, 몰라. 아마 평생 모를 거야, 너는.

"그래서 만회할 기회를 달라는 거잖아."

"이제야? 그 긴 시간 동안 그 수많았던 기회는 네 손으로 직접 다 날려 놓고 이제야 기회를 달라고?"

도훈이 반걸음 더 가까이 그녀의 곁으로 다가왔다. 바뀌지 않은 취향 때문인지 너무나도 익숙한 도훈의 향이 일순 애정의 코끝을 자극했다. 원하지 않아도 어쩔 수 없이 떠오르는 그의 향수 취향. 그것이 좋다며 늘 그의 곁에 코를 박고 킁킁거렸던 제가 마치 어제의 일처럼 생생하게 떠올랐다. 세상에, 심도훈. 너는 아직도 뭐든 이렇게 쉽구나.

"애정아."

급기야는 전처럼 이름을 부르기까지. 그에 애정이 괴롭다는 듯 가슴께를 씨근덕거리며 낮게 소리를 질렀다.

"그렇게…… 그렇게 부르지 좀 마!"

"……."

"너 하나 나타났다고 해서 나한테 달라지는 건 아무것도 없어. 너한테 이 병원의 선택이 내가 이유였든, 아니었든 다 관심 없어. 넌 어떨지 몰라도 난 여기 힘들게 면접 봐서 들어왔고, 대리 달 때까지 꽤 열심히 버텼어. 이제 와 다 포기하고 다른 데 갈 생각 추호도 없어. 네가 왔음에도 불구하고 내가 계속해서 여기서 버티는 건 이러한 이유 때문이지 이렇게 너를 보는 게 즐거워서가 아니야. 분명히 해 둬."

쏘아 대는 말들이 어쩜 이렇게 아프게 들릴 수가 있을까. 제가 여태까지 알던 애정의 얼굴이 아니었다. 설마하니 저를 이토록이나 싫어할 정도로 제가 큰 잘못을 했었나? 얼마나 힘들게 했기에? 관계의 종료는 본인이 먼저 알려 놓고 왜 이렇게까지? 도훈은 여전히 다 이해하지 못한다는 얼굴을 하고서 애정을 마주 보았다. 그런 표정을 모를 리 없는 애정이 허탈한 듯 실소를 흘리고 제게 한껏 가까이 다가와 있는 도훈에게서 간격을 벌렸다.

"그래, 어디 맘대로 해 봐."

"……."

"있는 힘껏 흔든다고? 그래, 좋을 대로 해. 증명해 보이랬지? 할게. 두 번 다시 흔들리지 않는다는 거 내가 증명해 보일게. 내가 절대 너랑 다시 잘 되는 일 없다는 거 그거 확실하게 보여 줄게."

단순히 홧김에 한 말이었다. 그래, 진지하게 정말 고심해 보지 않고서 오기로 톡, 하고 던진 말이기도 했다. 그로 인해 얼마나 큰 파장이 일지, 얼마나 큰 여파로 제게 다가올지 조금도 계산해 보지 않았다.

호기로운 애정의 외침에 방금까지만 해도 심각한 얼굴로 표정을 굳히며 있던 도훈의 눈이 조금 느슨하게 풀어졌다. 그러고서 고개를 낮추어 애정과 시선을 나란히 만들었다.

"너, 지금 그 말 진짜인 거지?"

낙장불입. 이보다 더 진지할 수 없다는 목소리로 물어 오는 도훈에 갑자기 전세가 바뀐 듯 애정의 목울대로 침이 꼴깍, 하고 넘어갔다. 에이씨, 뭐 이렇게 또 가깝고 그래?

"진짜야. 내가 못 할 것 같아?"

"알았어. 그러면 여기 번호부터 눌러."

"……."

무언가 시작부터 대단히 불리한 느낌. 애초에 받아들이지 말았어야 할 제안을 무슨 생각으로 물었는지 모르겠다. 하지만 다시금 생각을 해 보기엔 이미 늦었다. 애정은 떨떠름한 표정으로 도훈의 휴대폰을 받아 들었다.

"곧바로 걸어 볼 거니까 다른 번호 누를 생각 하지 말고. 직접 묻지 않고서도 알 수 있는 방법 얼마든지 있었는데 직접 받으려고 여태 기다린 거야."

"어휴, 퍽이나. 그리고 내가 대체 뭐가 무서워서 다른 번호를 눌러? 그럴 생각조차 없었거든?"

"노파심에서 한 말이야."

"자, 여기."

열한 자리 숫자를 눌러 다시금 도훈에게로 내밀자 곧장 주머니에 있던 제 휴대폰이 울렸다. 곧바로 걸어 볼 거라더니 1초도 안 돼 행동으로 옮긴 듯 보였다.

"그건 내 번호야."

"알았어."

"저녁 먹자, 오늘."

"안 돼."

"왜? 있는 힘껏 흔들어 보라고 말한 지 아직 5분도 안 지났어."

"피하려고 하는 게 아니라 선약이 있어."

"누구랑."

"누구라고 말하면 네가 다 알아?"

게다가 언제부터 제가 약속 있는 것에 관심이 있었다고 이런 질문을 할까. 애정은 안 그래도 모나게 노려보는 눈에 더더욱 힘을 주었다.

"후우, 자꾸 말끝마다 너, 아니면 네가, 라고 할래?"

"왜? 그러면 안 돼? 내가 설마 다시 너한테 오빠, 오빠 하면서 살랑거리길 기대했어? 천만에."

누구 좋으라고.

"그래서 있다던 약속은 대체 누군데."

"알 거 없잖아."

"남자야?"

"남자면 어떻고, 여자면 어때. 네가 날 흔들 기회를 준다고 했지, 내가 내 사생활까지 낱낱이 말한다곤 안 했어."

"그래서 남자냐고."

"무슨 상관인데, 대체."

일순 도훈의 표정이 구겨졌다.

"싫으니까."

"……."

"안 그래도 너 작은 거 하나에도 어쩔 줄 몰라 하면서 설레어하잖아. 그냥 건네는 호의에도 금세 얼굴 붉히면서 부끄러워하고. 그런 걸 그냥 두고 싶진 않아. 당연한 거 아니야, 싫은 거?"

단도직입적인 태도와 분명한 말투. 어쩌면 저와 만났을 당시 도훈에게서 바랐던 것들인지도 몰랐다. 애정은 가만히 고개를 절레절레 저었다.

"신경 꺼. 내가 누구를 만나는 것까지 너한테 간섭받을 거 아니잖아. 어쨌든 오늘 저녁은 안 돼."

그렇게 말을 하고 애정이 다시금 나갈 채비를 했다. 벌써 약속했던 오전 시간이 훌쩍 흘러가고 있는 중이었다. 좀 있으면 도훈도 오후 진료 준비를 해야 했고 저도 다른 업무를 시작해야 했다.

"이만 돌아가 볼게요, 심 선생님. 시간 내 주셔서 감사했어요."

"메신저나 전화 연락 피하지 말고 다 받아. 그 정도는 할 수 있지?"

그 정도는 요구할 수도 있는 거고.

"네, 뭐. 정 원하신다니 그러도록 할게요."

마지못해 그렇게 해 주겠다는 듯 고개를 끄덕였다.

"그리고 정애정."

문 앞까지 다다라 문을 밀어 열려고 하는데 아직 남은 말이 있는지 도훈이 다시금 애정을 불렀다. 그에 애정이 대답을 하는 대신 문을 잡고 있는 손에 힘을 주던 걸 멈추었다.

하여간, 저 말끝마다 정애정, 정애정. 변하질 않지. 한숨을 길게 내쉬고 다시금 가자미눈을 장전하려던 찰나 도훈의 목소리가 귓바퀴에 먼저 감겼다.

"난 이제야 사는 것 같아."

"……."

"널 보니까 이제야 정말 사는 것 같아. 고마워, 내가 최선을 다할 기회를 줘서. 이건 정말 진심이야."

"……이만 가 볼게요, 그럼."

"그래."

드르륵 문이 열렸고 다시금 스르륵 문이 닫혔다. 애정은 저도 모르게 참고 있던 숨을 복도로 나와서야 몰아서 내쉬었다.

'난 이제야 사는 것 같아.'

'널 보니까 이제야 정말 사는 것 같아. 고마워, 내가 최선을 다할 기회를 줘서. 이건 정말 진심이야.'

등을 돌리고 있는 탓에 그걸 말하는 도훈의 일굴이 어떤 얼굴인지 보지 못했다. 그답지 않게 조금은 물기가 있는 그 목소리가 귓가에서 도통 떠나질 않았다. 제가 알던 심도훈에게선 전혀 나올 수 없는 말들임이 분명했다. 제가 들은 목소리가, 그 말들이 설마 진짜인지 여태껏 헷갈렸다.

"……뭐야, 진짜."

대체 뭐야, 심도훈.

애정이 나간 쪽을 수 분간 보고만 있던 도훈이 이만 책상으로 가 의자를 빼내 자리에 앉았다. 양손을 모아 마른세수를 하듯 제 얼굴을 연거푸 쓸어내리고는 이내 의자 등받이에 몸을 깊숙하게 기대었다.

'신경 꺼. 내가 누구를 만나는 것까지 너한테 간섭받을 게 아니잖아. 어쨌든 오늘 저녁은 안 돼.'

냉랭함이 함께 깃들어 있었다. 언제까지고 그 자리에서 변함없이 열렬히 저만 좇을 정애정이라고 생각했는데 그게 아닌 모양이었다.

"……"

돌아오기만 하면 다 된다고 생각했다. 조금 걱정을 하긴 했어도 그다지 어려운 일이 아닐 거라고 여겼었다. 안일한 착각이었을까? 밀어내는, 아니, 아예 상대조차 하지 않으려는 애정을 보면서 이상한 괴리감에 사로잡혔다. 여태 제가 알던 애정인 것 같으면서도 그렇지가 않았다. 그러니까 저를 대하는 게, 제게 말을 하는 게, 행동하는 것들이 모두 다.

'너야말로 너랑 헤어지고 내가 어떻게 보냈는지 모르잖아. 얼마나 힘들게 잊어 냈는지, 얼마나 안간힘을 써서 지워 냈는지 다 모르잖아.'

그게 얼마나 괴로웠기에. 아니, 제가 그렇게 안간힘을 써서 없애야 할 정도의 존재였을까? 왜. 대체 왜 그렇게까지.

도무지 알 수가 없었다. 잘못을 저지른 게 많긴 했어도 기겁을 하면서 저를 밀어내거나 아예 없는 사람 취급을 할 정도였을까? 여기까지 생각이 닿음과 동시에 도훈은 얼마 전 재성을 만났던 게 떠올랐다.

'날 그렇게까지 싫어할 이유가 있어?'
'그걸 설마 몰라서 물어요? 무심했던 게 아니라…… 당연했던 거잖아요.'

"무심했던 게 아니라 당연했던 거."

그러니까 뭐가. 대체 뭐가.

'그…… 내가 뭐 이래라, 저래라 할 입장은 아닌데요. 그래도
확신 없이 그냥 편했던 상대 찾는 거라면 다시 생각해 봐요. 그
거 솔직히 진짜 할 짓 아니에요.'

왜 이렇게까지 말을 하는 걸까. 정애정, 내가 대체 뭘 놓치고
있었을까.

ㄱ

시간을 돌릴 수 있다면 돌리고 싶었고, 만약 돌아간다면 그 자리에서 제 입을 꿰맸어야 마땅했다. 그러면 이 사달이 생기지 않았을 테니 말이다.

너무나 당연하게 제 휴대폰을 울리는 도훈의 연락에 애정은 온 신경이 다 그리로 쏠렸다. 마치 파블로프의 개라도 된 것처럼 그걸 다 무시를 하진 못할망정 연락이 올 때마다 화면을 들여다보고 있으니 아주 미치고 팔짝 뛸 노릇이었다.

"이거, 이거 어떡하느냐고."

화면 상단을 차지하고 있는 도훈의 메시지를 재성의 앞으로 내밀어 보이며 애정이 퍽 곤란한 얼굴을 했다. 재성은 그것을 흘끗

보고는 먹고 있던 케이크 조각을 마저 입 안에서 없앴다. 그러고
는 커피까지 한 모금 마신 후에야 답을 했다.

"그러게 누나는 왜 대책도 없이 그러겠다고 답을 한 거야? 어?
애초에 그렇게 굳건하지도 못할 거면서."

타박 어린 어조로 말을 한 그가 애정을 향해 고개를 느릿하게
가로로 절레절레 저었다.

"일요일에 벚꽃 보러 가재. 나 벚꽃 좋아한다고, 윤중로에."

벚꽃. 그래, 벚꽃. 길을 다니면서도 지겹도록 볼 수 있는 그게
대체 뭐라고 그렇게 사람들이 많이 붐비는 곳까지. 재성은 별 감
흥이 없었지만 애정이라면 경우가 다르다는 걸 잘 알았다. 때문에
들리지 않게 한숨을 한 번 짤막하게 내쉬었다가 답을 했다.

"싫으면 싫다고 잘라. 자르면 되잖아."

그게 뭐 어렵다고.

"싫지가 않은걸."

툭, 튀어나오는 애정의 진심이었다.

"……뭐?"

"나 벚꽃 좋아하잖아."

"그게 아니라."

"그게 아니면 뭐."

"누나 지금 딱 보니까 다른 사람도 아니고 도훈 형이 가자고
해서 좋은 거잖아, 지금. 게다가 벚꽃이고."

"……"

"둘이 사귈 때 누나가 얼마나 노래를 불러 댔어, 어? 아직도 그 목소리며 얼굴이며 다 떠올라. 나한테 와 가지고 징징거리던 거."

벚꽃 시즌이 오기만 하면 도훈에게 퇴짜를 맞고 제게 와서 이러니, 저러니 서러움을 털어놓았던 그때가 떠올라 재성은 잠시 잠깐 당시 애정의 표정을 따라 하는 시늉을 했다.

"……"

애정이 어떨지는 살피지 않은 채 말을 한 모양일까, 어쩐지 시무룩해진 애정을 보고 그가 따라 하던 걸 관두고 다시금 자세를 고쳐 앉았다.

"누, 누나도 참. 그런 결정을 성급하게 하면 어떡해? 이렇게 가벼운 메시지 오는 것조차 감당 못 하고 있잖아. 그리고 도훈 형도 의외네. 흠, 진짜 제대로 해 볼 모양인 건가?"

"……이유래, 내가."

"어?"

"우리 병원으로 온 거. 내가 여기서 일하고 있어서라고 하더라. 선택을 하게 된 이유가 나라고."

조용하고 느린 곡이 흐르고 있는 카페 안은 테이블끼리 적당한 간격을 두고 있어서인지 손님이 북적여도 대화 소리가 영 안 들리거나 하진 않았다. 오히려 작은 목소리를 내도 적당한 소리로 알맞게 귀에 꽂힌다고 해야 하나. 그렇기 때문에 갑자기 작아진 목소리로 흐르듯이 말을 내뱉어도 알아듣는 데엔 문제 될 게 없

었다. 그늘이 진 얼굴, 짙은 한숨이 중간에 깔리는 애정을 보며
재성도 마냥 좋은 표정을 할 수가 없었다.

"나도 듣고 좀 놀라긴 했어. 한국 들어온다는 소식도 놀랐는데
누나 있는 병원으로 간다고 해서 더 놀랐었고."

"……."

"그래서 어떤데, 누나는? 도훈 형이 정말 진심으로 누나랑 다
시 잘해 보고 싶어서 기회를 달라고 한 거라면?"

"궁금하긴 해."

"뭐가."

"대체, 왜. 우리는 이미 끝났어도 한참 전에 끝난 사이인데 뭐
하러 이제야 이렇게 하는 건지."

그것도 여태 본 적 없는 얼굴로 퍽 진지하다는 양.

애꿎은 손잡이만 손으로 쓸어내리던 애정은 잠시 머그 컵을 내
려다보았다. 시켜 놓은 커피가 식어 가고 있었다. 짠하게 식어 갔
던 마음이 마치 지금 제 앞에 놓인 커피와도 같았다. 향도 처음과
같지 않고 맛도 첫 모금과 비슷하지 않았다. 뜨끈뜨끈했던 온도는
이미 말할 것도 없었고. 이걸 다시 데운다고 원래의 그 풍미를 되
찾을 수 있을까? 그냥 차라리 새 걸 시키는 게 더 나을 것 같은
데.

컵만 바라보다 창밖으로 던져진 애정의 시선은 잠시간 밖으로
만 머물렀다. 멀뚱멀뚱 맞은편을 차지하고 앉아 침묵하는 게 조금
어색하긴 했지만 재성은 애정을 재촉하지 않았다. 복잡다단한 그

심정을 차마 모두 다 헤아릴 순 없지만 어쨌든 저 옆얼굴에서나마 여실히 느껴졌기 때문이다.

　도훈은 누군가의 연락에 이렇게 하루 종일 휴대폰을 흘끔거리게 되고 짧은 진동 하나에도 기민하게 반응하게 될 줄 몰랐다. 심지어 욕실 안에 휴대폰을 들고 들어가서 샤워를 하는 중간, 중간 울리는 알림이 누구로부터 왔는지 확인하기까지. 머리카락에 묻은 비누 거품이 얼굴로 미끄러져 내리는 것도 불사했다. 이렇게 청각에 예민했었나, 싶을 만큼 휴대폰의 미세한 소리에도 곧장 반응을 했다. 샴푸가 자꾸만 내려와 시야를 가려 손으로 우악스럽게 그걸 걷어 내 버리고 휴대폰 화면을 보았다.

　"와, 이것도 장난 아니네."

　어쩌면 조금은, 아니, 아예 적응이 안 되는 일이기도 했다. 제가 이렇게 휴대폰을 달고 있다는 것도 그랬지만 애정에게서 곧바로 답이 오지 않는다는 사실도 어색했다. 그야말로 처음 있는 일이니까. 애정과 연락을 주고받을 때 답이 언제 오고 어떤 식으로 왔는지에 대해서 단 한 번도 곰곰이 생각을 해 본 적이 없었는데 이제 와 돌이켜 보니 제 연락에 최대 10분을 넘기지 않았던 그녀였다. 외려 제가 돌아온 답에 대해 그냥 답을 하지 않거나 한참이 지나 연락을 확인하곤 했었지.

　물기가 가시지 않은 머리칼을 수건으로 대충 털어 낸 도훈이 소파에 털썩 앉아 한 손에 쥐고 나온 휴대폰을 확인했다.

[일요일, 윤중로에 벚꽃 보러 가자. 너 벚꽃 좋아하잖아.]

1시간 전에 보낸 메시지는 여전히 확인 표시도 되지 않은 채 그대로였다.

"……."

답지 않은 조바심이 몰아닥치는 기분이었다. 무얼 하는 거지, 왜 여태 제가 보낸 메시지 하나 확인하지 않는 거지, 피하지 않는 다는 답변을 분명 들었었는데 혹시나 피하고 있는 건 아닌 건지. 여러 가지 생각이 그러한 제 조바심에 더 무게를 싣는 것만 같았다.

숫자가 사라지지 않는 대화창에 대고 도훈의 손가락이 자판 위를 올라갔다가, 내려갔다가, 하는 것을 잠시 반복했다.

바쁘겠지. 휴대폰을 내내 손에 쥐고 있으란 법도 없고. 저 또한 누군가에게 답을 할 때 몇 시간은 족히 넘긴 적이 셀 수 없이 많지 않은가.

"그래도 그렇지."

빤히 기다리고 있는 입장에서는 1분 1초도 길었다. 아니, 무척이나 길게 느껴졌다. 하는 수 없이 도훈은 다시금 휴대폰을 고쳐 쥐었다.

[바빠, 정애정?]

이번에도 숫자는 단숨에 지워지지 않은 채였다. 메시지를 보내놓고 숫자나 확인하고 있는 모습이라니. 지금 대체 제가 무엇을 하고 있는 건지.

에라, 모르겠다. 기다릴 만큼 기다렸고 제 나름 참을 만큼 참았다. 이 정도면 곧바로 전화를 해도 될 것 같았다. 때문에 도훈의 엄지는 금세 번호가 나열돼 있는 부분으로 옮겨 갈 참이었다.

[그래, 일요일에 봐.]

그 순간 드디어 상대방 쪽 말풍선이 대화창에 떴다. 외로운 사투라도 되는 것처럼 제 말풍선 두 개와 여백만이 있던 아주 황량하기 그지없던 대화창이었는데 말이다. 가벼운 이모티콘 하나 붙여지지 않은 채로 날아온 애정의 대답이 이렇게나 반가울 수가 없었다.

도훈은 서둘러 답신을 눌렀다.

[시간은 언제가 편해? 너 편한 시간에 맞춰서 데리러 갈게.]

"오, 바로 확인하네."

이게 뭐라고 괜히 타이밍이 맞아떨어진 듯한 느낌에 기분이 좋아졌다.

[너는 몇 시가 편한데?]

[일요일 약속 없어서 괜찮아. 너 편한 시간으로 해.]

[알았어, 그럼 2시쯤 봐.]

[주소 적어 놔 줘. 집 앞으로 갈게.]

"……"

새삼스러운 것을 넘어서서 오히려 새로웠다. 과연 지금 저와 대화를 나누고 있는 이가 제가 알던 심도훈이 맞나, 싶을 정도로 말이다.

마지막 말풍선을 보고 애정은 잠깐 타이핑을 하던 손가락을 멈추었다. 집 앞으로 데리러 오겠다는 심도훈. 그것도 자발적으로 먼저 제의를 하는 심도훈. 시간 또한 제 시간에 맞춰 주겠다는 심도훈. 도무지 익숙하지 않은 말들뿐이었다. 게다가 곧바로 사라지는 숫자라니. 연애를 할 때 이런 식의 칼답은 기대를 해 본 적도 없었다. 최소 30분 내로 답이 오면 그게 그렇게 좋고 기뻐서 오늘은 왜 이렇게 일찍 답을 해 주냐며, 바쁜 일이 많이 없냐고 상기되어 물었던 것 같은데.

잠시 잠깐 머뭇거리던 손가락은 다시금 휴대폰 액정 위를 누볐다. 간략하게 주소를 써서 보내 준 애정은 이만 휴대폰을 멀찍이 두었다. 그렇게 답신을 한 지 불과 1분도 되지 않아 새로운 메시지가 온 듯 액정이 반짝거렸다. 그런데 그게 또 뭐라고 멀찍이 두었던 걸 곧장 다시금 제 앞으로 가져왔다.

[알았어, 늦지 않게 갈게. 잘 자고 내일 보자.]

귀여운 이모티콘들이 중간중간을 차지하지 않아도 퍽 다정하게 들리는 말들이었다. 맞춤법 하나 어긋남 없이 딱 떨어지는 어절들이 어째서 저로 하여금 설렘을 느끼게 만드는 것일까.

"말도 안 돼."

심도훈이 쓰는 말들이라곤 도무지 믿을 수가 없을 정도였다. 단번에 적응을 할 수 없는, 그런. 때문에 몇 번이고 다시 읽었다. 뿐만 아니라 메시지를 보냈던 시간까지 확인해 가면서. 또 읽고,

또 읽고. 불과 몇 분 전만 해도 그러거나 말거나, 난 흔들리지 않을 것이다, 하는 표정으로 휴대폰을 내려 두었는데 이제는 아예 화면에 들어갈 기세였다.

"이러고 있을 게 아니지."

그렇게 죽어라 휴대폰 액정만 보고 있다 문득 든 생각에 애정은 서둘러 옷장 앞으로 향했다. 일요일이 내일인데, 당장 몇 시간 후면 심도훈을 보는데, 무엇을 입을지 정해 놓질 않았다.

"아, 진짜 무슨 예고라도 했으면 저렴한 거라도 하나 샀을 텐데."

옷걸이에 달린 옷을 왼쪽으로 젖히고, 오른쪽으로도 젖히고 서랍장도 죄다 열어서 뒤지고, 또 뒤지고 하는 것을 반복했다. 그러면서 좀 괜찮다 싶은 것들은 모조리 침대 위로 던져두고 이렇게 입어 보고, 저렇게 입어 보고. 저녁 먹었던 게 다 소화되고도 남을 만큼 옷을 입고, 벗고 하는 것에 제 모든 체력을 소진해 버렸다.

"후우."

거짓말 보태지 않고 정말 시간이 가는 줄도 모르고 한참을 옷과의 사투를 벌이고 나니, 어느새 2시간여가 훌쩍 지나 있었다. 그러던 사이 괜찮은 블라우스와 스커트를 골라 두고 애정은 고단함에 침대에 대자로 누웠다.

"……까짓 벚꽃 보러 가는 게 뭐라고."

까짓 심도훈이랑 주말에 보는 게 대체 뭐라고.

"아, 신발."

그래도 완벽한 풀착장을 완성하기 위해선 신발도 놓칠 수가 없지. 암, 그렇고말고.

그렇게 혼자 생각을 마친 애정은 지쳐 누워 있던 몸을 일으켜 이번엔 신발장 앞으로 갔다. 당연히 내일 입고 갈 옷을 입고 있는 채로.

애정의 집은 다행히 도훈이 구한 오피스텔과 멀지 않아 차로 20분이면 도착할 거리였다. 때문에 약속 시간이 2시이니 도로 상황까지 계산해 30분을 남겨 두고 출발을 해도 만나는 시간엔 전혀 문제 될 게 없었다. 그럼에도 불구하고 도훈은 일찌감치 집을 나섰다. 신호가 바뀌는 운도 좋았던 탓에 애정의 집 앞으로 도착하니 시간은 1시 22분을 지나고 있었다.

"좀 일찍 도착했네."

흘끗 시계를 보았던 시선을 돌려 룸미러로 보이는 제 매무시를 잠시 살폈다. 헤어도 잘 된 것 같고, 옷도 이만하면 깔끔한 것 같아 아주는 아니지만 그래도 어느 정도 만족스럽긴 했다.

"아, 차 안이 좀 지저분한가."

티끌 하나 남기기 싫어하는 성격 탓에 제가 쓰는 물건이며, 공간이며 하는 것들은 죄 깔끔하고 깨끗했다. 차 내부 또한 마찬가지로 따로 어지럽힌 게 없음에도 도훈은 서둘러 운전석에서 내려 차 안을 꼼꼼하게 살폈다.

괜히 이것저것 거슬리는 것들을 정리하고 앉으니 이제 1시 30분.

아직 2시가 되려면 30분이나 남았다. 기다리는 걸 그다지 선호하는 편이 아닌데 이상하게 애정을 기다리는 시간이 그다지 따분하지 않았다. 오히려 좀 설렌다고 해야 하나.

혹여 일찍 도착했다고 연락을 해 두면 조급해할까 봐 1시 52분쯤이 되어서야 도훈은 애정에게로 연락을 했다. 집 앞에 와 있으니 준비가 다 되면 천천히 내려오라고. 그렇게 메시지를 보낸 지 얼마 되지 않아 애정이 드디어 모습을 드러냈다.

"나 때문에 서둘러 내려온 거야? 아직 시간 더 남았는데."

"나도 준비 일찍 끝냈어."

"다행이네. 아, 얼른 타."

"응."

달리는 길에도 곳곳에 벚꽃이 예쁘게도 폈다. 변덕스러운 날씨 예보 덕에 혹여나 날이 궂으면 어쩌나, 하는 걱정이 있었지만 다행히 날도 화창하고 좋았다. 운전을 하면서도 도훈은 흘끗흘끗 애정 쪽을 보았다. 조수석 창 바깥으로만 시선을 던지고 있는 탓에 그녀가 무슨 표정으로 어떤 생각을 하는지 알 수 없었다. 음악도 틀어 놓지 않은 고요한 차 안. 간간이 밖에서 들리는 소리와 차 소음만이 완벽한 정적을 차단해 주는 중이었다.

"가면 사람 많을 텐데."

그렇게 말을 하는 애정의 시선은 여전히 창밖으로 머물러 있었다.

"뭐, 어디든 벚꽃 보는 데엔 사람 많겠지."

"별로 안 좋아하잖아."

"뭘."

"사람 많은 거, 북적이는 거, 시끄러운 거."

"괜찮아. 네가 좋아하잖아."

"참내."

"왜?"

"아니야, 아무것도."

도훈의 말에 절로 코웃음이 나왔다. 모르는 사람이 들으면 배려가 넘친다, 세심하다, 정도로 생각할 수 있겠지만 천만의 말씀. 사귀었던 4년 동안 단 한 번을 제가 원하는 걸 들어준 적이 없었다. 이거 하자 그러면 이래서 싫고 저거 하자 그러면 저래서 싫다는 둥 온통 싫다는 말만 반복했었으니까.

벚꽃도 만개했고 날도 좋고 게다가 주말이다 보니 사람들은 예상대로 엄청 북적이는 중이었다. 셀카봉과 삼각대도 심심치 않게 보였고 여기저기서 휴대폰을 들어 사진 찍기에도 한창이었다. 분홍분홍한 꽃잎들이 적당히 날려 주고, 꼭 솜사탕을 얹은 것처럼 풍성하게 피어 있는 벚나무가 괜히 봄의 감성을 더 자극시키는 것도 같았다.

사랑해 마지않는 계절, 한 철인 게 너무나 아쉬운 순간. 그러고 보니 늘 남들이 찍은 것들만 구경해 왔었지 막상 제가 정식으로 이렇게 벚꽃 핫 플레이스를 찾은 건 처음 있는 일이었다. 그것도 다른 누구도 아닌 도훈과 말이다.

"아…… 많네, 정말."

예상은 했지만 이렇듯 거리가 터져 나갈 정도로 사람들이 많을 줄은 몰랐다. 어쩔 수 없이 걸음을 옮길 때마다 이리 치이고, 저리 치이고. 벚꽃이 뭐가 예쁘고 얼마나 화사한지 하는 건 사실 눈에 잘 들어오지도 않았다.

"정애정, 같이 좀……."

딱 붙어 다니지 않으면 일행을 놓치기가 일쑤였다. 그럼에 도훈은 눈짓으로 계속해서 애정을 좇았다. 어디 있는지, 옆에 잘 있는지, 혹여 뒤처지거나 사람들에 휩쓸려 앞서가진 않는지, 하면서. 손을 잡고 걷질 않으니 챙기는 게 여간 까다로운 게 아니었다.

하는 수 없이 같이 좀 가기라도 하자, 라고 말을 하려던 찰나 벚꽃나무 아래 멈춰 선 애정의 옆얼굴이 눈에 들어왔다. 그 옆으로도 커플 몇 쌍이 사진을 찍고 있었던 터라 그 모습이 더 돋보여 보이기도 했다.

"……."

뭐지, 뭘까. 벚꽃 잎들이 날리는 것만 보아도 해사한 얼굴을 하고, 잔뜩 설레는 목소리로 조금은 귀찮다, 싶을 만큼 말을 걸어오던 그녀인데 어째 좋아 보이지가 않았다. 그냥 더 쓸쓸한 느낌. 단순히 커플들 틈에 혼자 서 있다고 해서 느껴지는 느낌이 아니었다. 그런데 그게 뭐라고 제 왼쪽 가슴이 이렇게 시큰거릴까.

말을 잃은 듯 저도 멈추어 섰다. 두 발이 그냥 자동으로 그렇게 멈추어졌다. 그렇게 좋아하던 걸 보면서 어째서 저런 얼굴을 하고 있지? 왜 그렇지? 좋아하는 걸 알아서 일부러 여기까지 이렇게 온 건데.

"생각보다 더 많은 것 같다, 사람들."

목석처럼 꼼짝 않고 있을 것 같더니 어느새 도훈의 가까이로 다가온 애정이 그를 올려다보며 말을 했다.

"그래도 뒤쪽으로 더 가 보자. 사람들이 계속 뒤로도 가 보고 하던데."

도훈은 턱짓으로 더 뒤쪽을 가리켰다. 하지만 돌아오는 애정의 반응은 조금 시큰둥했다.

"이만하면 구경 실컷 했어."

"사진 한 장 안 찍고?"

이건 또 뭐지? 전에는 밤에 보이는 것도 별로 없는데 벚꽃이랍 시고 사진 엄청 찍었던 것 같은데.

도훈이 의아하다는 눈을 하고 말을 했지만 애정은 여전히 고개를 가로로 내저었다.

"더 안 볼래."

"나 때문에 그래?"

내가 사람 많은 거 안 좋아해서?

"옛날 같았으면 그랬겠지. 오빠 주차하면서 인상 일그러뜨리는 것만 봐도 지레 후회돼서 돌아가자고, 심지어는 미안하다고 했을 거야."

"……."

"그런데 오빠 때문은 아니야."

"그러면 왜 그러는데?"

"생각보다 마냥 행복하지가 않아."

"어?"

"솔직히 되게 궁금하긴 했어. 이렇게 사람 많은 곳에 나와서 나도 찍어 주고, 오빠도 찍어 주고 또 같이 찍기도 하면서 보내는 거. 사람들 속에서도 같이 예쁜 거 구경하고 하는 거. 너무 해 보고 싶었거든. 그래서 많이 조르기도 했었잖아. 오빠 바쁜 거 아는데도."

"그때는……."

그렇게 서두를 꺼냈지만 무어라 말을 이어야 할지 몰랐다. 그때가 언제였더라, 어느 때의 '그때'를 말하는 것일까. 아니, 딱히 정확한 '그때'라는 것은 없었다. 매번 그랬다. 매번 한번 구경 가보자, 하는 애정더러 저는 바쁘다 하며 갖은 핑계를 댔던 것 같다. 아니, 그랬었다.

애정의 말은 다시금 이어졌다.

"또 기대도 했어. 이것도 어떻게 보면 주말 나들이인데 옷도 예쁜 거 입고 싶었고, 머리도 예쁘게 해서 나오고 싶었거든. 그렇게 차려입고 나왔는데 막상 휴대폰 카메라를 켜 보고픈 생각도 없어지는 거 있지."

"……."

"그래서 덥석 오겠다고 한 건데 역시 타이밍인가 봐. 그때였더라면 되게 행복했을 거야. 무척 설레었을 거고, 엄청 기뻤을 거야. 이제야 이런다고 해서 크게 막 와닿는다거나 그러지 않네."

말을 하는 어투가 덤덤했다. 일부러 가시를 세우고 저를 찌르려고 뱉는 문장들이 아니었다. 애정은 지금 당장 느끼고 있는 바를 하나도 여과 없이 그저 읊고 있을 뿐이었다. 가슴께가 따가워지는 것은 그저 오로지 제 몫이었다. 아까 그렇게 홀로 서 있는 애정을 보고서 시큰했던 것과는 또 달랐다.

"욕심내서 구두 높은 거 신었더니 조금만 걸었는데도 금세 다리가 피로하네. 저기 잠깐 앉았다가 가자."

대답이 없는 도훈을 슬쩍 보고 애정은 가까운 벤치를 가리켰다. 그러곤 먼저 가서 엉덩이를 붙이고 앉았다. 그녀가 입은 보라색 치마가 앉아 있는 채로도 바람에 나풀나풀거렸다. 얇은 소재로 된 블라우스 또한 바람에 넘실거렸다. 그제야 팔을 쓸어내리고 있는 게 도훈의 눈에 들어왔다. 그러고 보니 차에서 내린 후로 중간중간 저렇게 팔을 쓸어내렸던 것 같은데.

아, 심도훈. 너 진짜 둔하구나.

빤히 보았으면서도 왜 인지를 하지 못했을까, 왜 빨리 눈치채지 못했을까. 애정이 앉은 쪽으로 걸어가며 도훈은 제가 입고 있던 외투를 벗었다.

"자. 추워 보인다, 너."

"괜찮은데."

"걸쳐."

마다하는 손짓에 도훈은 그냥 애정의 어깨 위로 제 외투를 걸쳐 주었다.

"……고마워."

짧았던 벚꽃 구경을 끝내고 이른 식사를 하자니 대체 무슨 메뉴를 골라야 할지 몰랐다. 갑자기 길을 잃은 양 섣불리 이러지도, 저러지도 못하는 도훈을 보며 애정이 조금은 무덤덤한 말투를 했다.

"갑자기 내가 좋아하는 걸 먹으려니 그런 거잖아."

"어?"

익숙하지 않을 것은 없었다. 벤치에 나란히 앉아 있는 것도, 나란히 발을 맞추어 걷는 것도, 함께 커피를 마시거나 식사를 하는 것 또한 다를 것 없이 마찬가지였다. 헤어진 시간과 똑같이 연애 또한 4년을 했으니 어쩌면 당연한 것이었다.

그런데 하나도 익숙하지가 않았다. 차 안에서 어떤 주제를 꺼내 대화를 이끌어 가는 것도, 메뉴를 정하는 것도, 심지어 나중에 어떤 카페를 가야 할지 선택을 하는 것도. 무언가 제가 직접 해 보려고 하는 게 왜 이렇게 익숙하지 않고 낯선 느낌이 드는지 도무지 몰랐다. 그에 반해 애정은 아닌 것 같았다. 그녀는 저와 달리 익숙하다는 게 아니라 그저 낯설지 않아 하는 느낌. 딱히 이런 상황에 대해 곤혹스러워하지 않는 그런 분위기였다.

"내가 좋아하는 음식이 뭔지 평소에 어떤 걸 잘 먹지 못하는지 그런 거 잘 모르잖아. 열 손가락 들어서 반은 채울 수 있으려나 모르겠는데. 아니야?"

당장에 아니라고 하고 싶었지만 그렇게 대답을 할 수가 없었다. 그 말에 도훈은 그저 입을 꾹 다물었다.

"……."

"부대찌개 좋아하지? 김치찌개나, 닭갈비 이런 거."

"어."

"거의 대부분 그런 메뉴들만 먹었었잖아. 나도 그런 음식 싫어하는 거 아니야. 그래도 옷도 예쁘게 입고 머리도 좀 예쁘게 말았을 때는 그런 음식점은 솔직히 꺼려져. 옷이나 머리에 쉽게 냄새가 배니까. 온종일 빠지지 않는 냄새를 달고 다녀야 하잖아."

"……."

그랬구나, 그랬었구나. 반면에 제가 발표가 있다거나 교수님들과 중요한 자리가 있다거나 하는 날엔 그런 음식들은 다 피했던 것 같다. 아니, 애초에 애정이 그땐 그런 음식점엔 가지 말자고 먼저 말을 했었던 것 같다.

"분위기 좋은 데 가서 다른 음식들도 먹어 보고 싶었어, 나도. 친구들이 여기 좋더라, 데이트 장소로 매력적이래. 한번 가 봐, 하는 그런 곳들. 오빠가 다 겉치레라며 혀를 내둘렀던 그런 레스토랑도 나는 실은 좋았어. 그런데 한 번도 간 적 없지. 싫어하니까. 오빠가 싫어하는 건 나도 하고 싶지 않았으니까."

"가 보자, 이제라도."

헤어진 지 4년이 지난 이제부터라도.

애정은 헛웃음이 나왔다. 그러면서 고개를 끄덕였다. 긍정의 끄덕임이 아닌 조금 지쳐 있음의 끄덕임인 듯 보였다.

"그래, 내가 해 보고 싶었던 거니까 그것도 해 보자. 크림파스타 먹고 싶으니까 파스타 레스토랑 가."

"알았어."

평소에 선호하지 않는 음식들이었다. 메뉴 선택을 하고자 했지만 도무지 끌리는 게 하나도 없을 정도로. 메뉴판을 들고 멍하게 있는 저를 보며 애정이 얕게 한숨을 푸욱 내쉬었다.

"하여튼 표정 같은 건 숨길 줄을 몰라."

"왜."

"마음에 드는 거 없지?"

"고르고 있는 중이야."

"없잖아."

"메뉴가 이렇게 많은데 어떻게 한 번에 다 봐?"

구태여 묻지 않아도 빤한 결론이었다. 느끼한 건 죽어도 싫어하는 심도훈이 죄 느끼한 것들로만 가득 찬 메뉴들 중에 뭐 하나 고를 수 있을 리가.

"너 먹고 싶은 거 시켜."

"난 크림파스타랑 크림리조토 이렇게 먹고 싶은데?"

"그래, 그럼 그렇게 시키자."

한 입 먹고 안 먹을 거면서 고집은.

"알았어, 여기요!"

메뉴판을 접고 손을 들자 대기 중이던 종업원이 도훈과 애정이 앉은 테이블로 미소를 지으며 걸어왔다.

"네, 주문하시겠어요?"

"여기 크림파스타 하나랑, 상하이리조토, 그리고 레모네이드 두 잔 주세요."

"네, 주문 확인하겠습니다. 크림파스타 하나, 상하이리조토 하나, 레모네이드 두 잔. 더 필요한 건 없으신가요?"

"네."

"알겠습니다. 음료 먼저 준비해 드리겠습니다."

주문을 받은 종업원이 떠나고 도훈이 조금 고개를 갸우뚱했다.

"왜, 상하이리조토야?"

아까 크림 먹고 싶다며. 둘 다 크림으로 시킨다고 하지 않았었나.

"못 먹어서 다 남길 거 뭐 하러 시켜. 그나마 덜 느끼한 음식이야, 먹어 봐."

어차피 입에 맞지 않을 거라는 걸 애정은 알고 있었다. 그럼에도 구태여 그런 식으로 도훈을 고생시키고 싶지 않았다.

아무렇지 않게 제 기호를 얘기하고 그에 맞춰 주문하는 애정을 보면서 도훈은 그녀와 헤어져 있는 동안 느꼈던 걸 또다시 느꼈다. 그냥 말하지 않아도 숨처럼 당연한, 제가 이것, 저것 어렵게 집어내지 않아도 척척. 그게 너무 익숙해져서, 그게 저도 모르게 너무 제 일상을 물들여 놔서 그녀가 없었던 내내 거기에서 헤어 나올 수가 없었다.

"덕분에 주말 잘 보냈어. 운전 조심해서 가."

"또 언제 시간 되는데."

"글쎄."

"다음 주 수요일에 병원 전체 회식 있다던데, 와?"

"가야지. 나 같은 쩌리가 뭐 오라면 오고, 가라면 가고 그런 거지."

"알았어, 그럼."

"응. 아, 그리고 여기."

애정은 오늘 내내 걸치고 있던 도훈의 외투를 벗어 듦과 동시에 조수석에 올려 두었다. 배웅을 더 하기 위해 따라 내리려는 도훈이었으나 애정이 애써 그런 그를 만류했다. 차 문을 닫고 이쪽으로는 한 번 보지도 않고 건물로 쏙 사라지는 애정을 도훈은 앉은 자리에서 물끄러미 바라보았다. 벗어 둔 제 외투에서는 어느새 애정의 향이 배어 있는 듯 상큼한 향기가 났다.

"……"

'커피 한잔 하고 가자.'

'아니, 안 그래도 돼. 오늘 많이 한 거 아니야?'

'뭘, 내가 뭘 했다고.'

'사람 많은 곳에서 벚꽃도 봤고, 파스타 레스토랑도 갔고. 심지어 시간 맞춰서 나 데리러 오기도 했잖아.'

'그건……'

'충분해. 카페에서 책이라도 읽고 앉아 있거나, 과제 같은 거하는 것도 아닌 채, 마주 보고 그냥 커피만 마시고 하는 거 오히려 안 좋아하잖아.'

'……'

'오늘 좀 걸었더니 피곤하다. 이만 가자.'

조금 더 같이 있고 싶었다. 솔직히 하는 것도 없이 카페에서 커피만 시키고 앉아 있는 게 제겐 너무 고역인지라 가더라도 늘 스터디카페를 가거나 북카페를 갔었던 것 같다. 그렇게 앉아 시간 가는 줄 모르고 제 할 것들을 했고, 그 시간 또한 데이트의 일환이라 여기면서 나름 연인의 역할에 충실했다고 생각했다. 그랬었다.

애정의 동네를 떠나 집으로 돌아오는 내내 오늘 하루에 대해 다시 생각해 보았다. 확실한 건, 예전의 애정이 아니었다. 조그마한 것 하나에도 까르르 웃고 즐거워하던 정애정은 어느새 사라지고 없었다.

"······왜."

그게 왜 이렇게 슬픈 거지.

8

집으로 들어와 애정은 실내에 불은 밝히지 않은 채 스탠드 등 하나만 켜 두고 콘솔 앞에 앉았다. 예쁘게 보이고 싶었다는 일념 하나로 옷도 얇게 입고 구두도 높은 것을 신었더니 온몸에 피로가 덕지덕지 붙었고 발바닥은 불이 난 듯 너무나 아팠다.

"……."

묘했던 하루였다. 가고 싶었던 곳을 가고 먹고 싶었던 음식을 먹고. 그것도 심도훈이랑. 여러 가지 감정이 복합적으로 휘몰아쳤다. 옛날엔 왜 이러지 않았을까, 이미 의미가 퇴색이 되어 버린 지금에서야 이러고 있는 게 회의감이 들면서도 한편으로는 더 원하기도 했다. 제가 하고 싶었던 것들을 이제라도 하나, 둘 채우고 싶기도 했고 난 이러이러했으니 내 기분, 내 감정 다 돌려 내라, 하고 싶기도 했다. 다 끝난 사이에서 이것들이 다 무슨 소용이냐 며 며칠 전만 해도 고개를 내저었었는데.

'편의점은 왜?'

차에 올라타 출발을 기다리고 있었는데 도훈은 대뜸 편의점엘 다녀오겠다고 했다.

'잠깐만 몸 좀 녹이고 있어 봐.'
'알았어.'

뭐 필요한 거라도 있나. 별생각이 없었다. 이내 고개를 끄덕이 고는 아프다고 아우성인 발을 구두에서 잠시나마 벗어나게 해 주 고 있던 참이었다.

'발 좀 줘 봐.'
'바, 발은 왜?'

금세 편의점에 다녀온 도훈은 운전석에 오르지 않고 외려 애정 이 앉은 쪽의 문을 열었다. 예고도 없이 몰아닥친 도훈에 애정은 신발을 벗고 있는 상황이 너무나 민망했다. 게다가 발을 달라고 하기까지. 움츠리듯 발을 뒤로 빼려 했지만 발목을 잡고 이끄는 도훈이 그보다 조금 더 빨랐다. 그는 애정의 발을 제 무릎에 올려 두고 비닐에서 무엇을 꺼내더니 여기저기 까지고 빨갛게 된 부위 위로 일회용 밴드를 붙였다.

'반대쪽도 줘 봐.'
'……'

아직도 밴드는 그대로였다. 애정은 양쪽 발에 덕지덕지 자리해 있는 밴드들을 한 번씩 만져 보았다. 순간 심장이 떨어지는 줄 알았다. 빨갛게 되고 까진 발을 보여 주는 게 부끄러워서가 아니라 그렇게 제 발을 본인의 무릎에 올려 두고 너무나 정성스럽고 꼼꼼하게 밴드를 붙여 주는 도훈이 그 이유였다.

"사람이 참. 그렇게 변하면 안 되는 건데. 그 얼굴로, 그 목소리로, 그 손길로 그러면……"

맞아, 멋있어. 한 번도 그래 본 적 없었던 사람이 다정해서 더 떨리게 돼. 이 미련 곰탱이야! 정신 차려야지, 정신!

"그래, 순간 환심 사려면 뭔들 못 해?"

속지 마, 속지 마!

속지 않기 위해 마음을 다잡고 싶은, 그런 도훈과의 시작은 단순한 호의에서 비롯된 호감이었다. 어쩌면 저는 도훈에게뿐만 아니라 다른 모든 남자와도 이렇게 시작을 한 것 같았다. 이름하야

금사빠. 금방 사랑에 빠지는 타입. 하필 이름도 정애정이다. 정에 죽고 사랑에 죽고 또 정에 죽기라도 하라는 듯 이름답게 저는 사랑과 정이 넘쳐 났다, 너무나. 그중에서도 특히 도훈을 만났을 때 더더욱 다 퍼 주었던 것 같다.

그렇게 크지 않은 키를 가진 저로서는 키 큰 누군가가 제게 베풀어 주는 작은 호의에도 심장이 곧잘 떨렸다. 닿지 못해 낑낑거리는 높은 책장에 위치한 책을 꺼내 준다거나, 엄청나게 큰 문을 잡아 준다거나 하는 것들. 그 모든 것들이 한 사람에게 일치되는 경우는 잘 없는데 그 경우가 만들어지는 때가 있었다. 그래, 제가 심도훈이라는 남자에게 빠지게 되었던 그 찰나들이다.

'……?'

크고 무거운 문이었다. 이 건물 문은 왜 이렇게 만들었는지, 항상 열고 닫을 때마다 쉽지가 않았다. 그런데 그날은 웬일인지 문이 쉽게 열렸다. 제가 알기론 아주 조금의 힘만 준 걸로 알고 있는데? 뭔가 이상해서 뒤를 돌아보니 저보다 훨씬 큰 키의 남자, 그것도 와, 세상에 이런 얼굴이? 혹시 연예인? 아니면 지망생? 급의 잘생긴 남자가 문을 잡아 주고 있는 게 아닌가. 멀뚱멀뚱 서 있는 저를 보고 그는 말 한마디 없이 시크하게 먼저 들어가라는 뜻으로 고개만 까딱했다.

두근, 두근, 두근, 두근. 그길로 함께 엘리베이터까지 올라탔다. 심장이 튀어나오면 어쩌나, 너무 빨리 뛰는 탓에 이대로 졸도라도 하면 어떡하지? 그의 옆에 서서 별의별 걱정을 다 했다.

그게 제가 보았던 도훈의 처음이었다. 그 후로 그를 두 번째로 보았던 건 학교 셔틀버스에서였다.

'으아앗!'

내릴 준비를 하려던 참이었다. 많은 기사 분들 중에 유독 성격이 급하고 차를 험하게 모시는 기사분이 있는데 하필 그 기사분이 모는 버스였다. 그 덕분인지 방지턱을 지나 급정거를 하는 탓에 버스는 요동을 쳤고 손잡이를 느슨하게 잡고 있던 저는 그대로 버스에서 나뒹굴 뻔했다.

'?'

눈을 질끈 감았다. 이대로 끝이구나, 하던 찰나 무언가 단단하게 저를 붙잡고 있다는 게 느껴졌다. 실눈을 떠 보니 보이는 건 잘생긴 얼굴이었다. 한 번 보아서 완벽하게 각인이 되었던 바로 그 얼굴. 상황을 파악해 보니 그가 저를 넘어지지 않도록 붙잡아 주었다.

'안 내려요?'

뒷문은 열렸고 그는 계속해서 붙잡고 있는 상황이 싫은 모양인지 조금 인상을 구겼다. 게다가 도와줬다고 생각하기에 너무나 무뚝뚝한 말투, 일그러진 표정. 하지만 완벽했다. 금사빠에겐 더할 나위 없는 우연의 일치였고 어쩌면 운명이었으며 더 나아가 필연이라고 여기기에 충분했다. 때문에 빠져들었다.

그의 전공이 무엇인지, 이름이 무엇인지, 하는 걸 알아낼 수 있었던 건 이러한 제 운명론을 뒷받침하기 충분했다. 오리무중이었던 제게 한 줄기의 빛, 그것은 바로 함재성이었다.

'아, 도훈 형?'

'도훈 혀엉?'

조교 자리가 있다고 해서 들렸던 의과대였다. 저번에도 같은 건물에서 마주했기에 전공이 어렴풋이 이쪽이다, 정도만 알고 있었지 완벽하게 그럴 것이다, 라고 생각은 못 했었다. 그러던 중 제게 자리를 소개해 준 재성이 엘리베이터를 기다리고 있는 도훈의 뒷모습을 가리켜 묻자 곧바로 저렇게 답을 했다.

'응, 우리 과야.'

'당연히 여자 친구…… 있겠지?'

'내가 알기론 없어. 초반에 고백받고 몇 명 사귀긴 했는데 글쎄, 다 하나같이 오래가진 못하더라고.'

괜찮아, 이제부터 나랑은 오래갈 거니까.

'나 조교 무조건 할 거야.'

'누나, 진짜 빡세. 괜찮아?'

'물론. 그런 거 다 필요 없어.'

간간이 보이는 얼굴, 원한다면 연락처도 알기에 개인적으로 연락을 해 볼 수도 있었다. 목소리를 듣고 싶다는 핑계로 학과 알림 사항을 전화로 전달하기도 했었다. 메시지를 누락시켰다며 그래서 급히 전화로 알려 준다고. 그렇게 짝사랑을 키우다 고백을 했다. 받아 주지 않으면 어쩌지, 어쩌지, 걱정했지만 웬걸, 고민하는 시간도 없이 도훈은 알겠다고 대답을 했다.

시간이 지나 왜 그랬냐고 물으니 저는 누군가를 만나는 것에 있어서 진지하게 이렇게 따져 보고, 저렇게 따져 보고 하는 타입이 아니라고 했다. 때문에 오는 사람 마다하지 않고 또 가는 사람 붙잡지 않는다고. 상당히 마음에 드는 대답은 아니었지만 괜찮았다. 어쨌든 그로 인해 제가 기회를 가질 수 있었으니까.

만나 오면서 재성이 했던 말을 이해했다. 무엇 때문인지 연애를 오래하지 못한다고 했던 그 말. 그랬다. 여자들이 버티지 못하고 다 나가떨어졌겠지. 무조건 본인 위주로 돌아가는 그와의 연애는 오로지 맞추는 것밖에 할 수 있는 게 없었다.

하지만 그래도 연인이랍시고 어느 정도 역할을 하긴 하는데 그게 또 사막의 오아시스 같아서 때마다 쓰렸던 마음도 치유받을 수 있었다. 마냥 좋았다. 심도훈이 남자 친구라는 게, 제가 심도훈의 연인이라는 게. 너무 좋았다. 그래서 저는 다른 여자들과 달리 버틸 수 있을 줄 알았다.

'벌써 두 시간이나 지났잖아, 오빠.'

'미안해, 좀 바빴어.'

약속 시간에 늦는 건 기본이었다.

'어? 이거 내가 말하던 거 아닌데……'

'그냥 대충 보자.'

웬일로 크리스마스랍시고 보고 싶은 연극이 있냐며 예매를 해
온다고 했던 날도 말했던 것과는 다른 것이었다. 그는 미안하다는
말조차 없었다.

'있지, 나 오는 길에…….'
'나중에.'
'응?'
'이거 먼저 하고.'

카페에서 보자고 하는 날은 보통 다 이랬다. 데이트는 해야겠
는지 만날 약속은 잡으면서 홀로 할 것들을 했다. 재잘재잘 나누
고픈 일상 얘기도 열 번에 두 번 정도만이 가능했던 것 같다.

"괜찮았던 적이 없었어."

그래서 4년을 만나고 저는 완벽하게 백기를 들었었다. 더 이상은
할 수 없을 것 같아서. 이별을 고할 때마저 심도훈은 미지근했다.

'이유가 뭔데?'

이유라도 물어 줘서 그 순간은 감사하다고 여겼다. 그래도 그냥
만났던 4년이 아니구나, 저 혼자 만났던 게 아니었구나, 하면서.

'못 하겠어, 더 이상.'

'그래, 알았어. 네가 그렇다면 그런 거지.'

붙잡아 주길 원하진 않았지만 적어도 못 해 줘서 미안하다는 말은 듣고 싶었고 떠나서 좋은 사람 만나라, 앞으로 행복해라, 하는 예의상 하는 말이라도 원했지만 심도훈은 끝까지 심도훈이었다. 뒤 한 번 돌아보는 것 없이 그렇게 종지부를 찍었었다.

'너랑 다시 잘해 보고 싶어.'

"나는 이제 못 해."

그럴 여력이라는 게 없어.

당직들과 야간 근무를 제외하고 모인 전체 회식은 인원수도 인원수인지라 너무나 시끌벅적했다. 그중에서 돋보이는 건 도훈이 앉은 자리였다. 아무래도 새로 오기도 했고 들어오면서부터 이슈를 끌었으니 그에게 궁금한 것들도 많고 또 더러는 그의 외모가 훌륭하기에 시샘을 하거나 좀 아니꼬워하는 사람들도 있었다.

"왜 이렇게 못 먹고 있어?"

순간 삭제, 줄여서 순삭. 고기가 익기가 무섭게 입 안으로 순삭하고 있던 유미가 깨작거리고 있는 애정이 안타깝다는 듯 쿡, 하고 옆구리를 찌르며 물어 왔다. 회식 자리 때문에 저녁도 제대로 안 먹고 짠, 할 때만 몇 번 잔을 들었던 터라 배는 속 쓰림과 더불어 허기도 져 있었다. 그럼에도 불구하고 젓가락이 잘 움직여지지 않았다. 유미의 그 물음에 1초 만에 나오는 제 솔직한 답은 '신경이 쓰여서'였다. 더 정확하게 얘기를 하자면 도훈이 앉아 있는 건너편 저 자리에.

"그냥 좀 입맛이 없어서."

"그래?"

"응."

"그래도 좀 먹어. 자."

빈 제 앞 접시 위로 유미가 엄청난 선심을 쓴다는 듯 고기 몇 점을 올려다 주었다. 그러고선 다시금 제 페이스에 맞는 스퍼트를 올리기 시작했고 애정은 잠깐 알겠다고 고개를 끄덕이다가도 도훈이 않은 쪽으로 귀를 기울였다. 제법 화기애애한 편이었다.

"홍보 동영상 올라온 후로 심 선생님 앞으로 예약 환자가 더 늘어난 것 같아요."

"맞아요. 동영상보단 실물이 훨씬 나은데."

"무슨 아픈 환자들이 의사 얼굴 보고 찾아와? 실력 보고 찾아오는 거지."

"그러니까요, 얼굴도 훈훈한데 실력도 좋다, 이거잖아요. 막 방송사에서도 건강 프로 이런 데 나와 줄 수 있느냐고 연락 오고 한다던데요?"

"만나는 사람은 없다는 말, 진짜예요? 막 숨겨 놓은 사람 있는 거 아니에요?"

"아니면 눈이 너무 높다거나?"

참 별꼴이다, 싶었다. 남의 연애사가 뭐가 그리 궁금해? 참내. 애정은 시끄러운 소음에도 건너 들려오는 저 테이블 이야기에 혼자 콧방귀를 뀌면서 홀짝, 홀짝 술을 들이켰다.

"그러면 심 선생님은 이상형이 어떻게 돼요? 여자 볼 때 가장 먼저 보는 건 뭔데요?"

"글쎄요."

드디어 도훈의 목소리가 들려왔다.

"저는⋯⋯."

"완전 궁금하다. 뭐라고 대답하실지."

호응을 하는 건 대부분 여자들이었다. 별로 놀라운 광경도 아니었다.

"저는 홍보팀 정애정 대리님 같은 스타일 좋아해요. 느슨해 보이지만 고집 세고, 빈틈 많을 것 같지만 하는 일엔 똑 부러지고."

"푸⋯⋯읍!"

마시던 걸 온전히 다 마시지 못하고 뱉어 낼 수밖에 없었다. 저쪽에서 하는 이야기에 귀를 기울이는 건 오로지 저뿐이라 갑자기 제 테이블에서 제가 이렇게 못 보일 꼴을 보이는 게 다른 사람들에겐 상당히 당혹스러운 일이었다.

"왜 그래, 애정 씨? 너무 급하게 들이켠 거 아니야?"

"응? 아, 어. 그런가 봐."

"뭐야, 술 고팠어? 천천히 마셔. 천천히."

"응, 응. 그래야겠어."

뒤통수가 미친 듯이 따가웠다. 도훈의 그 말로 도훈과 함께 있던 사람들의 시선이 다 제게로 쏠려 있는 탓이겠지. 애정은 속으로 오만상을 구겼다. 이제 남들이 저를 무어라고 생각을 할까? 심도훈은 진짜 무슨 생각으로 그런 말을 한 거지? 미친 거 아니야? 나 얼굴 어떻게 들고 다니라고오!

"아…… 정 대리님이요?"

"그때 영상 찍는 일 한 번 같이 해 보시더니 그렇게 느끼셨나 보다."

"뭐, 그쪽 부서랑 마주치는 일은 없어서 진짜 간혹 보긴 했었는데."

"심 선생님 그런 스타일 좋아하시는구나."

마뜩잖아 하는 반응들이었다. 에게게? 하는 것처럼. 괜히 뒤통수가 화끈거렸다.

"처음 봤을 때 느낌이 좋더라고요, 저는. 그리고 외모도 괜찮잖아요. 꼭 주머니에 넣고 다니고 싶을 것처럼 너무 귀엽고."

그만. 그만!

"아…… 그래요? 주머니에 넣고 다니고 싶을 정도로……."

"저 여기 병원 들어왔을 때부터 정애정 대리님만 딱 눈에 띄던데. 하여튼 전 그런 스타일이 좋아요."

모르지 않을 거였다. 제가 빤히 귀를 기울여 듣고 있다는 걸 모르지 않고 저렇게 말했을 거다. 이 상황에서 뒤를 돌아 노려볼 수도 없고 애정은 속으로만 삭이면서 애꿎은 술만 연거푸 들이켰다. 남들한테 이목 집중 당하고 싶지 않은데, 저 사람이 정말!

"아, 정 대리 너무 마셨는데?"

"그러게 말이에요. 음식도 별로 안 먹더니 금세 취했나 봐요."

"그럼 정 대리 보내고 노래방은 우리끼리 가는 걸로."

전체 회식이 마무리되고 부서별로 모이는 추세였다. 애정이 속한 팀도 팀원들끼리 모여서 2차로 노래방을 가기로 했고 그중에 헤롱헤롱거리고 있는 애정을 얼른 처리하고 싶어 했다.

"애정 씨, 정신 차려 봐. 집 갈 수 있겠어?"

"그으럼요. 문제 없슴다!"

"갑자기 웬 경례야."

"알았어. 그럼 택시만 잡아 줄게."

"넵!"

씩씩하다 못해 우렁차기까지 했다. 비틀비틀거리고 있는 애정을 힘겹게 부축하며 택시가 잡히는 곳까지 가려던 찰나, 갑자기 불쑥 끼어든 도훈이 그런 애정을 제가 붙잡아 부축했다.

"……어? 심 선생님?"

"제가 정 대리님이랑 방향이 같아요."

"네? 어떻게 집을 알고 있어요?"

"전에 촬영 때문에 얘기가 길어서 바래다드린 적 있어요."

"아…… 촬영."

"네. 그럼 정 대리님은 제가 모시고 들어갈게요."

"네? 아, 그래요. 그러면 우리야 고맙고……. 애정 씨, 애정 씨? 여기 심 선생님이랑 집 방향 같다며. 조심해서 들어가 봐."

뭔가 놀라워하다가도 홀가분해하는 것 같았다. 팀원들은 잘됐다 싶은지 떠맡기듯 애정을 도훈에게로 맡기고 그들의 다음 목적지로 향했다. 애정이 꼭 종이 인형처럼 펄럭거리며 도훈에게 매달려 있었다.

"어우, 술 냄새."

"……뭐야?"

"뭐긴 뭐야. 걸을 수 있겠어? 업힐래?"

"우이씨. 심도후운?"

"좀, 좀. 넌 취해서도 가자미눈이야?"

귀엽게. 양 볼은 빨갛게 익어 가지고, 아주.

도훈이 나무라듯 제 이마로 애정의 이마를 콩, 하고 박았다. 그에 애정의 얼굴이 오만상으로 일그러졌다.

"아프잖아아! 뭐 하는 짓이야!"

"앞으론 그렇게 마시지 마, 잘 마시지도 못하면서. 아까 보니까 쉬는 틈도 없이 마시더라, 너."

게다가 아무리 회사 동료라고 해도 외간 남자한테 그렇게 부축이랍시고 붙들려서는. 아주 볼만하다, 어?

"저리 가! 너 가!"

"또, 또. 예쁘게 안 불러? 도훈 오빠아, 이렇게. 너 옛날에는 나 그렇게 안 불렀어. 말끝마다 너, 너 거리지도 않았어. 이게 안 보는 동안 안 좋은 버릇만 들어 가지고."

그렇게 말을 하며 도훈은 천천히 애정을 붙잡고 대로변으로 걸음을 옮겼다. 택시는 다행히 금세 잡혔고 애정의 주소를 안다고 해도 비밀번호를 모르니 일단 제 집으로 주소를 불렀다.

"푸후…… 아…… 머리야."

어깨를 반듯하게 대 주고 있어도 애정의 머리는 이리로 구르고, 또 저리로 구르고 하는 것을 반복했다. 택시가 꿀렁이면 꿀렁일수록 그 정도는 더했지 절대 덜하진 않았다. 때문에 때마다 손으로 그런 애정의 머리를 고정시켜 주고 다시 고정시켜 주고 하는 것의 반복이었다.

"조금만 참아, 거의 다 왔어."

집과 멀지 않았던 회식 장소였던 덕에 애정의 헤드뱅은 조기에 막을 내릴 수가 있었다. 부축을 할 수 없을 정도로 취한 애정을 업고 도훈은 제집으로 도착했다.

"으으……."

침대에 일단 눕혀 두자 머리가 지끈거리는 듯 사선으로 누워서 애정은 양팔로 제 머리를 붙잡았다. 그러면서 실눈을 뜨는데 바로 보이는 도훈의 얼굴에 또 갑자기 잔뜩 모난 눈을 했다.

"아파 죽겠는데에…… 네 얼굴 보니까 더 스트레스야."

"왜?"

"네가 날 그렇게 만들어."

"내가, 뭘."

"문제야, 문제. 하여튼! 문제라구우!"

"자, 일단 이거 좀 마셔. 마시면 더 나아질 거야."

도훈은 애정을 제게로 기대게끔 해서 앉힌 후 애초에 챙겨 두었던 술 깨는 약을 내밀었다. 안 받아 들면 하는 수 없이 조심스레 제가 먹이는 방법을 택하려고 했는데 다행히 애정은 약병을 받아 들고 꿀꺽꿀꺽 단숨에 들이켰다.

"옳지."

"후우……."

"자, 편하게 누워 이제."

"진짜……."

"……."

"진짜 맘에 안 들어어. 후아…… 푸후……."

끝까지 삿대질하는 것을 놓치지 않으며 애정은 그길로 곯아떨어졌다. 춥지 않게 이불을 꼼꼼히 덮어 주고 도훈도 그제야 좀 편하게 자리를 잡고 앉았다. 그는 애정이 누운 침대 맡에서 그녀의 잠든 얼굴을 뚫어져라 보았다. 흐트러진 옆머리를 정리도 해 주면서 열기가 식지 않은 볼도 쓸어내렸다.

"내가 그렇게 별로야?"

깊은 잠에 빠진 그녀라 당연히 돌아오는 답은 없었다.

"내가 너랑 헤어지고 너무 늦게 깨달았어. 네가 내 일상 깊숙이 들어와 있었다는 걸 하루, 하루 지나면서 알게 됐어. 귀찮다고 생각했던 자기 전 통화도, 아침을 깨우는 모닝콜도, 파이팅으로 채워지던 메시지 창도, 거리를 거닐 때마다 팔짱을 끼고 재잘거리던 목소리도, 식당을 가면 네 밥 반을 덜어 내게 주던 모습도, 물건들도 하나, 하나 네가 묻어 있었어."

도훈은 조용히 여태 말하지 않았던 제 속마음을 읊었다.

"처음엔 만났던 시간이 길었던 만큼 그냥 따라오는 추억이라고 생각했었어, 가볍게. 이 정도 생각은 날 수 있다, 하면서. 그런데 그게 어느새 그리워지더라. 네 입술도, 네 체향도, 네 얼굴도, 네 손길도 모조리. 그게 너무 그리워지더라. 네 습관이며 네 버릇을 닮아 있는 나를 보면서 네가 보고 싶어졌어. 미국에 있을 땐 정말 사무치도록. 그래, 사실 지나갈 줄 알았어. 없어질 줄 알았어, 이런 감정들. 그런데 점점 진해지는 거야. 1년이 지나도, 2년이 지나도, 3년이 지나도 도무지 사라지지가 않았어. 뭘까, 정애정? 대체 이게 뭘까. 4년이 지나서 결국 널 만나야겠다고 결심했어. 그리고 다시 해 보고 싶어졌어, 나는."

내 마음이 뭔지 확실히 알고 싶어졌고, 이 관계를, 이 연애를 무조건 다시 해 보고 싶어졌어.

"너무 늦은 게 아니었으면 좋겠어. 꼭 다시 너를 찾고 싶으니까, 나는."

그렇게 말을 마치고 새근새근 잠든 애정의 이마에 짧게 입술을 맞추었다.

"잘 자, 정애정. 좋은 꿈 꿔."

어떤 꿈을 꾸었는지도 모를 만큼 지난 시간. 맹렬하게 코골이를 하던 게 일순 멈춰졌다.

"……."

섬광이 하나 번쩍, 하고 지나간 듯이 그 어떤 자극이 없이도 갑자기 번뜩 눈이 떠졌다. 코까지 드르렁 골면서 잔 애정이었지만 저로서는 그걸 몰랐기에 그다지 편안한 숙면을 취했다고 여기지 않았다. 그 이유인 즉, 저도 모르게 제 몸이 익숙하지 않은 곳에 있다는 걸 깨달은 탓이라고 여겼다.

"뭐, 뭐지?"

이상한 곳, 낯선 곳, 그러나 좋은 곳, 엄청 깨끗한 곳, 인테리어가 잘 돼 있는 곳, 향긋하고 깨끗한 냄새가 나는 곳, 좀 비쌀 것 같은 곳.

침대에서 튕기듯 몸을 일으켜 생각한 것들이라곤 저것들이었다. 옷가지가 흐트러져 있지 않은지 서둘러 확인하니 옷은 멀쩡하게 그대로였다.

"어디야, 대체."

호텔이나, 모텔 그런 숙박업소인 느낌은 아닌데…….

애정은 큰 눈을 이리로 드르륵, 저리로 드르륵 굴려 가며 주변을 확인했다. 아무리 봐도 제게 익숙한 곳은 아니었다. 한마디로 처음 오는 곳, 모르는 곳.

불안감과 긴장이 엄습했다. 절로 침이 꼴깍 넘어갔다.

"어? 일어났네. 깨우러 왔는데."

"시, 심도훈?"

"아주 그냥 맞먹어라, 이제."

"네가 왜 여기 있어?"

"보통은 네 자신을 가리키면서 내가 왜 여기 있어, 라고 묻는 게 정상 아닌가? 내가 여기 있는 게 이상해, 네가 여기 있는 게 이상해?"

"여기가 어딘데?"

"우리 집."

"뭐어? 네 집이라고? 내가 왜? 어쩌다? 대체 왜?"

눈은 부루퉁하게 부어 가지고 다다다, 속사포처럼 질문을 던지는 게 아침부터 도훈으로 하여금 쿡, 쿡 웃음이 나게 만들었다. 아, 옛날 생각 난다. 조교였을 때. 뭐 하나 까먹으면 저렇게 호들 갑을 떨면서 난리를 부렸었지, 아마.

"속은 괜찮아? 두통은?"

"……괜찮은 것 같긴 한데."

애정은 그렇게 답을 하고서 다시금 어제 일을 떠올려 보려 애를 썼다. 분명 회식을 했었고, 차장님과 다른 대리 한 명이 저를 부축해 준 것으로 알고 있긴 한데…… 아, 너무 많이 마신 것도 같고.

"다음부터 그렇게 마시지 마라, 너. 이렇게 남한테 업혀 와도 모르고. 엄청 위험해."

"그래서 내가 왜 여기 있는 건데?"

"술은 취했지, 네 집 주소만 알고 몇 호인지 비밀번호는 뭔지 그런 거 모르잖아. 그렇다고 널 길바닥에 그냥 내버려 둬? 오히려 고맙다고 해야 순서가 아니야?"

"……."

그게 그렇게 되는 건가. 애정은 골똘하게 생각했다.

"씻고 나올래? 옷은 저기다 뒀어."

"옷?"

"내 거는 다 크고, 좀 지난 거긴 한데 세탁 잘 해 뒀어서 입을 수 있어. 네 옷들이야."

"내 옷들?"

"어."

나 자취하고 있을 때 네가 집에 두고 간 옷들.

"……."

애정은 시무룩해졌다. 제가 패션에 일가견이 있고 출퇴근 패션 OOTD를 SNS에 업데이트 할 만큼은 아니라지만 어쨌든 트렌드라는 것을 알고 있는데 아무리 제 옷이라 해도 몇 년 전인지 가물가물한 저 옷들을 입으려니 그랬다. 게다가 따로 선택 사항이 있는 것도 아니었고.

"뭐, 내가 아직 보관하고 있는 거에 딱히 의미 부……."

"그런 게 아니야."

"그럼?"

"너무 촌스러울 것 같아서."

"······."

"그래도 별수 없지 뭐. 욕실 어느 쪽이야?"

손짓으로 가리키자 애정이 옷가지들을 챙겨서 욕실로 들어갔다. 그 모습을 보며 도훈이 픽, 하고 실소를 터뜨렸다.

하여간 정애정. 가끔은 예상 범위를 벗어나. 벗어나도 너무 벗어나.

9

"매번 버스 타고 출퇴근해?"

"그럼."

차도 없고, 면허도 장롱면허인데 대중교통을 의지하지 않고 어떻게 출퇴근을 하니? 차암내. 그걸 질문이라고.

언제가 유행이었는지도 모르는 도트 패턴의 블라우스와 옛날과 조금 차이가 있는 체중 때문에 애매한 허리 사이즈를 자랑하는 스커트를 입고 있자니 오늘은 몹시 작아지는 날이었다. 그런 와중 막상 도훈의 차로 출근을 하고 있으니 세상 이렇게나 편할 수가 없었다. 애정은 저도 모르게 등받이에 깊숙하게 몸을 기대고서 고개를 끄덕이며 대답했다.

"그럼 내가 매일 데리러 갈게."

퇴근하고도 데려다주고.

"뭐?"

"차로 출퇴근하면 더 편하잖아."

"⋯⋯."

"기회 준다면서."

"왜 그러는데, 갑자기?"

"해 보고 싶었던 거 다 해 보는 거야. 난 최선을 다해서 널 잡아야 하니까. 조금이라도 더 잘 보여야 하는 입장이잖아, 지금."

"⋯⋯."

도훈은 마치 별일 아닌 것처럼 답을 했다. 그에 애정이 작은 한숨을 내쉬었다.

"나 다 들었어."

"뭐를."

"회식 자리에서 정애정 대리가 스타일이니 뭐니 그렇게 했던 거."

"어. 들으라고 한 말이었어."

들으라고 한 말? 그래, 역시. 제가 듣고 있는 걸 빤히 다 알고 있었지. 그랬으면서 제 입장 곤란해질 건 조금도 생각하지 않고.

하, 더 따져서 무얼 할까. 애정은 그냥 고개를 조금 느릿하게 젓고는 마저 말을 하기 위해 목소리를 가다듬었다.

"그래 놓고 이제 출퇴근도 같이 하자고? 아서라. 병원에 소문

금방이야. 다들 얼마나 소문에 목말라 있다고. 나 오늘도 버스 정류장 쪽에서 내릴 거야. 차 같이 타고 병원 건물로 들어갈 수 없어."

괜한 구설수에 휘말리고 싶지 않다고.

"그럼 그렇게 하면 되겠네. 매번 정류장에서 세워 주면 되잖아."

도훈은 별로 어려울 게 없다는 듯 어깨를 한 번 으쓱했다. 사람들 눈이 그렇게 겁이 나면 피할 수 있는 방법을 찾으면 되는 거니까. 하지만 돌아오는 애정의 대답은 그럴 틈이 없게 제법 단호했다.

"싫어."

"왜, 편하게 가는 거잖아. 나는 너 편하게 해 주고 싶어."

"이제?"

항상 갖고 있는 질문이었다. 도훈이 나타나고서 언제나 애정을 따라다니는 말이기도 했다. 하고 많은 날들이 있었는데, 이제?

"애정아."

그래, 도훈 본인 또한 왜 단 한 번도 이렇게 해 보지 않았을까, 아니, 왜 이렇게 해 보지 못했을까. 그런 의문이 생겼다.

애정은 답답한 듯 제 앞머리칼을 조금 거칠게 쓸어 넘겼다.

"저녁에 시간 돼? 시간 좀 내 줬으면 좋겠어."

"어, 시간 돼."

"일단 여기서 내려 줘."

애정이 애초에 가리켰던 정류장과는 조금 거리가 있는 곳이었다. 도훈이 안 된다는 듯 고개를 저었다.

"조금만 더 타고 가."

"내려 달라고 했잖아."

"아직 정류장 멀었어."

"괜찮다고, 여기서부터 걸어가겠다고."

"말 들어, 정애정."

고압적인 말투, 독단적인 행동, 제 의지와는 상관없이 행해지는 것들. 잠깐 멍한 기분이 들었다. 그런데 또 그게 뭐라고 저는 더 이상 뭐라 할 수가 없었다. 마치 너무 익숙해져 있는 것처럼 그저 입이 꾹 다물려졌다. 덕분에 도훈이 딱 원하는 지점이 되어서야 차는 멈춰졌다.

"태워다 줘서 고마워. 어젯밤 신세 진 것도 고맙고."

"마치고 연락할게."

대충 고개만 끄덕이고 서둘러 차에서 내렸다. 갑자기 울렁거리던 속이 요동을 치는 것만 같았다. 그러고서 바로 보이는 건물로 내달렸다. 화장실을 힘겹게 찾아 들어가 그대로 속에 있던 것들을 게워 냈다. 불과 몇 분 전만 해도 잠잠했던 속이 난리였다. 그나마 숙취가 덜하다고 여겼었는데 아마 잘못 생각했던 것 같다.

"괜찮아?"

신물까지 다 게워 낸 후에야 속이 잠잠해졌다. 입가를 정리하고 파우치를 꺼내 겨우 화장을 고쳤다. 도훈의 차로 와서 그런지 시간적 여유가 있다는 게 애정은 순간 그나마 다행이라고 여겼다. 그렇게 화장실을 나서던 참에 언제부터 있었던 건지 벽에 기대었던 등을 일으키며 제게 걱정스러운 눈빛을 보내는 도훈이 서 있었다. 이걸 뭐라고 해야 할지, 기대조차 안 했는데 이 사람이 지금……

"왜 안 가고 있는 건데."

"너 그렇게 뛰어 들어가는데 어떻게 바로 가?"

"……"

"괜찮으냐고 물었잖아."

"무슨 상관이야."

"뭐?"

"무슨 상관인데, 네가."

비어 버린 눈동자, 힘없이 처지는 말투가 도훈으로 하여금 당황하게 했다. 어디서부터 무엇이 대단히 잘못된 것인지 그는 퍼뜩 깨닫고 있질 못했다. 애정이 왜 갑자기 이렇게 나오는 건지, 어느 부분에서 꼬인 건지 그는 곧바로 알지 못했다. 그게 애정의 눈에도 선연했다. 답답해하는 얼굴, 의문스러워하는 표정. 이미 일그러진 도훈의 미간이 그걸 여실히도 방증하고 있는 중이었다. 무슨 상관이냐는 말을 듣고도 기분이 좋을 사람은 없으니까. 어쩌면 이렇게 기분 상하는 눈빛을 하고 있는 게 당연한 건가?

"정애정."

역시. 그는 제대로 알아차리는 게 없었다. 때문에 본인 기분 상하는 게 또다시 먼저 툭, 하고 튀어나와 버리는 거겠지.

"내가 속이 아프든 말든, 갑자기 어딜 뛰어 들어가든 말든, 대체……."

"애정아."

"하, 부르지 마. 부르지 말란 말이야. 대체, 네가…… 하아, 정말."

복받쳐 오르는 감정에 억눌린 목소리가 나왔다. 겨우겨우 삼키듯이 목소리를 가다듬었다. 그의 미간은 여전히 주름이 잡힌 채였다.

"자신한테 한번 물어보지 그래?"

"뭘."

"네가 대체 언제부터 네 알 바였다고 신경 쓰는 거야, 어? 내가 이러든 저러든 관심이나 가져 본 적 있었어? 항상 곁을 주는 둥, 마는 둥. 하…… 그래 놓고서. 4년 동안 그래 놓고서 이제 와 갑자기 예고도 없이 불쑥 나타나서 사람 속 다 뒤집어 놓고, 일상도 다 헤집어 놓고……. 그거 알아? 난 괜찮았어. 죽어라 버티다 보니 괜찮았다고. 너 오기 전까지 힘들어도 다 괜찮았어!"

"……."

한꺼번에 모든 것들이 몰아치는 것만 같았다. 저를 위해 데이트 신청을 할 때도 그랬고, 병원에 있을 때 종종 쏟아지던 연락도 그랬고, 밤에 걸려오는 전화 연락이며 날씨를 확인하고 옷차림을 신경 쓰는 중간, 중간도 그랬다.

병원에서 마주칠 때면 꼭 둘만의 신호라도 되는 양 눈짓으로 알은체를 하고, 구내식당에서 보면 바로 앞자리는 아니더라도 근처 자리를 자처했다. 그게 최선을 다해서 저를 흔들어 보려는 작정이라는 걸 모르지 않았다. 때늦은 구애라도 되는 양 하는 그런 것들이 모두 도훈이 예고한 것들임을 잘 알았고 심지어는 제가 그러라고 호기롭게 외쳤던 것들이었다.

그럼에도 불구하고 버거웠다. 그래, 흔들릴까 봐. 이렇게 다정하게 굴면, 갑자기 이렇게 사람이 변한 것처럼 제게 다가오면 저는 또 착각을 하고 믿어 버리는 실수를 저지를까 봐서. 그게 혹시 반복이 되면 어쩌나, 그렇게 아팠던 시간들을 두 번 다시 겪고 싶진 않은데. 정말 두 번 다시는 그러고 싶지 않은데.

"후우, 이러다 늦겠다, 먼저 가 볼게."

멍한 표정으로 무어라 대꾸를 하지 못하고 있는 도훈을 애정은 그냥 지나쳤다. 그런 도훈의 감정까지 일일이 신경을 써 줄 정신이 없었다.

갑자기 찾아 들어간 건물이 어디 무슨 건물인지도 몰랐고 출근을 위해 사람들이 드나들고 있다는 사실도 인지하지 못한 채였다. 무작정 거리로 내디뎠다.

병원으로 도착해 출근 지문 확인을 하고 자리에 앉아 제 컴퓨터에 전원을 켜서야 아까의 상황이 느리게 머릿속에서 되풀이되었다.

"아…… 정말."

그러고서 그대로 책상에 머리를 콩, 콩 하고 찧어 박았다. 진짜
왜 그랬어, 정애정. 넌 부끄럽지도 않은 거야? 아오.

"정 대리."

그렇게 한참을 저만의 고뇌의 시간인 듯 자리에서 괴로워하고
있자, 애정의 곁을 지나던 그녀의 동료가 조심스레 애정의 어깨를
손가락으로 툭, 툭 두드리며 불렀다.

"……응?"

"무슨 일 있어?"

무슨 일 있어, 라니. 무려 유미가 먼저 남에게 이런 것을 물었
던 적이 있던가? 다른 의미로 동그랗게 커진 눈을 하고 애정이
유미를 올려다보았다.

"아니, 유미 씨야말로."

무슨 일 있는 거 아니야? 나한테 이런 질문도 하고?

"나 사실……."

"응."

무슨 정말 큰일이 있는 건가? 애정은 어느새 흐트러졌던 제 머
리칼을 정돈하고 집중할 요량으로 유미 쪽으로 온전히 의자를 틀
었다.

"되게 놀랐잖아."

"왜, 뭐 때문에?"

"자기 들어오는 거 보고."

"어? 나 들어오는 거 보고?"

입가에 토한 흔적이라도 있었나? 아닌데, 분명 제대로 씻고 화장으로도 잘 가리고 나왔었는데.

그 말에 애정이 서둘러 책상 위에 놓인 거울을 통해 제 입 주변을 살피며 확인했다. 그러자 유미가 그게 아니라는 듯 고개를 절레절레 흔들었다.

"그러면?"

"자기 옷."

"……옷?"

끄덕끄덕.

"옷이 왜…… 아……."

슬퍼졌다. 유행이 지나도 한참 지난 것 같은 이따위 옷을 아래위로 입고 출근을 했으니 당연 눈에 띌 만도 했겠다. 감정 소모에 젖어 있다 보니 제 차림새가 어땠었는지 하는 걸 금세 잊고 있었다. 애정은 보다 더 우울한 표정이 되었다.

"요즘 아무리 빈티지가 대세라고 하지만…… 뭐, 시도는 좋아. 개성이 존중받는 시대잖아. 새로 태어나기로 한 거야?"

진심으로 묻고 있었다. 농담 삼아 장난으로 묻는 게 아니라 정말 온 진심을 다해 그런 거냐고 묻고 있는 눈이었다.

"……그래, 맞아."

"어?"

"차라리 새로 태어나고 싶어."

"왜 그래, 정말. 무슨 일 있어?"

"아니, 그냥 갑자기 그런 생각이 드네. 유미 씨 말이 맞아. 새로 태어나기로 결심이라도 해야 할 것 같아."

이것도, 저것도 다 마음에 안 드니까 그냥 새로 태어나는 것도 나쁜 방법이 아니야. 이번 생은 그냥 이렇게 접어 두고 다음 생을 시작하는 거지.

일을 하는 것에 있어서 버거웠던 적이 있었나? 그래, 체력적으로 힘이 들고 감정적으로도 어느 정도 소비가 된다 하더라도 하루가 버겁다고 느껴 본 적은 없었다. 예과 시절 몰아치는 방대한 공부 양도 동기들에 비하면 거뜬히 이겨 냈다. 어차피 제가 선택했으니까 그 선택을 이행하는 것뿐이었으니까.

그런데 오늘 하루는 무척이나 버거웠다. 5분의 휴식 시간도 없이 촘촘히 짜인 예약 환자들의 스케줄도 그러했고 간단하다곤 하지만 어쨌든 집중력과 체력이 요구되는 시술과 검사 또한 그러했다. 오죽했으면 간호사가 먼저 오늘 컨디션 안 좋으시냐며 어제 회식의 여파가 있는 게 아니냐는 걱정의 말을 하기도 했다.

"……."

'무슨 상관인데, 네가! 내가 속이 아프든 말든, 언제부터 네 알 바였다고 신경 쓰는 거야, 어? 갑자기 나타나서 사람 속 다 뒤집어 놓고, 일상도 다 헤집어 놓고, 난 괜찮았어. 괜찮았다고.

너 오기 전까지 힘들어도 다 괜찮았어!'

사람 지나다니는 곳에서 뭐 하는 짓이냐고 하려고 했다. 작은
소리도 아니고 큰 소리를 내는 게 당황스러워서 일단 가만있던
게 어느새 묵음이 되었다. 쏟아 내듯이 말하는 정애정. 제가 돌아
와서 가장 많이 본 애정의 모습이었기 때문이다.

도훈은 점심시간이 몇 시간이 남았는지 확인하고 곧바로 재성
에게로 전화를 걸었다. 한 번에 받지 않으면 어쩌나, 했지만 다행
히 신호음이 몇 번 가지 않아 건너편에서 재성의 목소리가 들려
왔다.

— 네, 형.

"잠깐 시간 좀 돼?"

묻는 말투는 빠르지 않았지만 마음은 무엇 때문인지 조바심이
한가득이었다. 도훈은 귀를 쫑긋 세워 재성의 음성에 집중했다.

— 지금이요?

"어. 시간 좀 내 줬으면 하는데."

— 왜요, 무슨 일인데요?

"급해."

— 급하다고? 왜, 왜 진짜 무슨 일 있는 거예요? 아니면……
아, 혹시 애정 누나 일 때문에 그런 건가?

"뭐가 됐든. 시간 돼?"

— 길게는 어렵고 잠깐은 돼요.

"알았어, 네 병원 근처로 갈게."

— 그, 그래요. 알았어요.

전화를 종료하자마자 진료실을 나섰다. 이렇게까지 마음이 촉박하고 무언가에 의해서 불안한 일은 처음인지라 재성의 병원 근처로 가는 내내 운전대를 잡은 손이 축축했다.

재성은 입이 떡, 하고 벌어지는 것만 같았다. 제가 그래도 나름 도훈을 오래 보아 왔다 생각했는데 이렇게까지 하얗게 질린 얼굴로 맥 빠진 표정을 하고 있은 적이 단 한 번도 없었기 때문이다. 게다가 그 이유가 다른 어떤 것도 아닌 애정이라니. 믿기지가 않았다.

"뭐가 잘…… 잘 안 돼요?"

제가 불과 몇 주 전 애정을 보았을 때 그녀는 도훈에게 아예 마음이 없는 것 같진 않았다. 아니, 마음이 없는 것 같지 않은 게 아니라 그냥 마음이 있었다. 마음이 너무 있는데 그걸 어떻게 하지 못해서 고민하는 것이었지.

그런데 왜 도훈이 제 앞에서 이런 얼굴로 있으며 이렇게 급하게 저를 찾았을까. 심지어는 본인이 제 병원 앞까지 와 가지고. 보통의 경우였더라면 용건이 있으면 저를 도훈이 있는 쪽으로 부르거나 했었을 텐데.

조심스레 던진 질문에 도훈이 갑자기 제 양손을 모으더니 그대로 마른세수를 했다. 그는 진심으로 무언가 안 풀리는 것처럼 보였다.

"내가……."

입술을 떼는 그 목소리가 이상하리만치 퍼석했다.

"네, 형."

듣고 있어요.

점심시간이 끝나기 전에 돌아온다고 간호사실에 미리 얘기를
해 뒀는데 아무래도 십여 분 정도 더 늦어질 거라고 다시 전달을
해야 할 것 같다. 재성은 제 앞의 도훈을 보며 그렇게 생각했다.

"뭘 어떻게 할지 모르겠어."

"네?"

"그러니까……."

무슨 말을 어떻게 시작해야 할까. 답답한 마음에 일단 재성을
만나긴 했는데 대체 어떻게 해야 할지 도훈은 몰랐다. 그의 머릿
속엔 애정 때문에 너무 어지러웠다. 자꾸만 애정의 목소리가 머릿
속을 뛰어다녔다. 아침의 그 표정도, 몸짓도 모두.

재성은 부러 재촉하지 않고 잠자코 기다렸다. 이러한 도훈이
생경했으며 너무나 어색했다. 제 몫으로 나온 커피는 홀짝홀짝 몇
모금 마시다 보니 이미 반은 비워지고 있는 중이었다.

"너는 알잖아."

"네?"

하지만 돌아오는 도훈의 말을 재성이 곧바로 가늠하기엔 한계
가 있었다. 가타부타 뭘 안다는 건지. 애정을? 아니면 도훈을? 그

도 아니면 애정과 도훈의 사이를? 정확히는 무엇을.

"너는 알고 있는 거 아니야? 정애정이 왜 이러는 건지. 왜 이렇게까지…… 후우, 난 사실 아, 나는 사실 잘 모르겠다."

그러니까 뭘. 대체 뭘. 곧장 이해할 수 없음에 미간이 좁혀졌지만 재성은 일단 목을 한 번 가다듬고 차분히 도훈을 마주했다.

"무슨 일 있었어요, 애정 누나랑?"

"난 정말 잘해 보고 싶은 거야."

"……."

"그래, 내가 무심했고 잘 못했고, 다 인정해. 그래, 인정하지 않는 게 아니야. 그래서 이제라도 만회하고 싶고 이제라도 더 잘해 주고 싶고, 나는…… 내가 여기 돌아오는 결정까지 하면서, 정애정 하나 때문에 그런 결정까지 하면서 들어왔다고. 그런데 이게, 막상……."

고르지 않은 말을 뱉어 내는 도훈이란 재성에게 있어서 단 한 번도 본 적 없는 모습이었다. 혀를 내어 입술을 두어 번 축이고 계속해서 말을 이으려고 반복하는 모습조차 너무나 초조해 보였다. 초조함, 불안함, 일련의 그런 것들이 지금 제 앞의 심도훈에게서 다 벌어지고 있는 일이었다.

"형, 제가 뭘 알겠어요."

"어?"

"두 사람 일은 두 사람만의 일이고, 애정 누나는 애정 누나고 형은 형인데 제가 뭐라고 그걸 다 알겠어요. 다만, 제가 할 수 있는 말은……."

"……."

"그때 형 이삿짐 정리하고 있었을 때, 말한 적 있지 않아요? 당연했던 것들. 가타부타 아무것도 없이 그냥, 이라고 이유를 잘라 버리는 형의 모습."

"그래, 기억나."

"지금 형 모습 보니 솔직히 그때 얼마나 진심인지 잘 알겠어요. 이 정도일 거라고는 생각 못 했어요. 그냥 한번 가볍게 흔들어 보는 정도? 그 정도일 거라 생각했어요. 와, 천하의 심도훈이 이런 얼굴로, 이런 목소리로 저를 찾아올 줄 상상이나 했겠어요?"

"본론만 해."

괜한 오지랖이 될 수 있을까 봐 말을 최대한 아끼고 싶었지만 어쨌든 제가 본 선에서, 제가 느낀 바는 전달을 해야 할 것 같았다.

"알았어요. 형은 다시 잘해 보고 싶다고 하지만 애정 누나로선 감수해야 할 게 많을 거예요. 형이 전에 한 것들이 기억에서 다 사라지지 않는 한."

"뭐?"

한 것들이라니. 썩 유쾌하지 않은 어감에 도훈이 조금 인상을 일그러뜨렸다.

"형 바빴던 거 알아요. 아니, 모두가 바빴죠. 짬 내서 연애할 틈도 없고. 형 그러는 거 애정 누나가 모르고 만난 것도 아니었고."

"그런데."

"그런데 형은…… 그냥 제가 옆에서 보기에도 너무 많이 무심했던 것 같아요. 진짜 가끔은 왜 만나나, 싶은? 좋아서 만나는 건지, 익숙해서 그냥 두는 건지 그것도 아니면 헤어지는 게 귀찮아서 헤어지지 않는 건지."

"……."

진지하게 생각해 본 적이라는 게 있었던가? 연애가 어떤 건지, 무엇을 하며 어떻게 만나야 하는지 그런 것 따위 제가 살면서 생각해 본 적은 없었다. 연락은 어떤 식으로 해야 하고, 상대에게 선은 어느 정도로 지켜야 하며 적어도 연인이라는 명목하에 해야 할 본분이 무엇이 있는지 하는 것들은 제 사전에 없었다. 그야 그럴 필요가 없었으니까. 단 한 번도 그런 생각을 해 볼 필요가 없었다. 특히나 애정을 만났던 시간에는 더더욱.

"애정 누나, 진심으로 힘들어했어요."

"나를…… 만나면서?"

"헤어지고 나서도 마찬가지로요. 솔직히 애정 누나 형이랑 헤어지고 나서 완전히 괜찮아진 지 얼마 되지도 않았어요. 아직도 술 만취하면 도훈 형 얘기하고, 뭐 어디 두 사람이서 밥 먹었던 장소만 얘기해도 곧바로 표정 어두워지고. 어쩌다 학교 얘기만 나오면 바로 형 생각나니까 또 우울하고."

"……."

"많이 좋아했던 것 같아요. 제가 뭐 그 마음이 어느 정도인지 가늠할 수가 없지만 진짜 헌신적으로 다 쏟으면서 형한테 잘했던 것 같아요. 물론, 애정 누나가 좋아서 한 것들이지만 그래도요."

그렇게 말을 하면서 재성은 잠시 애정이 도훈과 사귈 적에 어땠었는지에 대해서 반추해 보았다.

'아니, 나는 오늘 과제도 진짜 코피 터지게 해 두고 부모님 있는 눈치, 없는 눈치 다 살피면서 용돈도 가불받고. 어? 내가 지랑 여행 한번 가겠다고, 어? 와, 진짜 너무한 거 아니야? 이렇게까지 약속 잡아 놓고 갑자기 취소하는 명분이 뭐야, 명분이 대체? 어? 지가 뭐 예쁘면 다야? 몸매 좋으면 다야? 다냐고!'

일방적으로 주말 여행을 취소한 여자 친구 때문에 화가 무척이나 났었던 때였다. 애정에게 뿐만 아니라 제가 만나는 동기며 지인들에게 문자로, 전화로 섭섭함을 릴레이로 토로하던 중이었다. 마침 과사에서 퇴근하는 애정을 보고 다다다 달려가서 커피나 한잔하자고 한 다음 제 얘기를 쉴 새 없이 털어놓았었다. 하지만 저쪽에서 들려와야 할 리액션이 아예 없었고 너무나 시큰둥했다.

'이봐요, 조교님?'

'…….'

아니, 사람이 이렇게까지 말을 하는데 대체 어디다 정신을 놓고…….

'누나.'

'…….'

'아, 누나!'

'예뻐서 좋다고 했잖아, 네가.'

'어?'

'얼굴도 예쁘고 몸매도 착해서 네가 한 학기 동안 인문대 앞에서 쫓아다닌 애잖아.'

'아니, 그 얘기를 갑자기 왜…….'

'사정이 있겠지.'

'뭐? 아니, 사정이…….'

사정이 있다 하더라도 최소한 연인 간의 예의는 지켜 줘야 하는 거 아니냐고! 하면서 소리 치고 싶었지만 차마 그럴 수가 없었다. 어둑어둑한 기운이 애정으로부터 계속 흩어지는 느낌이어서.

'그럴 만한 사정이 있었겠지.'

'누나.'

'그것도 한두 번이지……'

'응?'

'쫓아다녀서 먼저 좋아하고, 먼저 사귀자고 조르고…… 먼저 어디 가자 하고 먼저 기다리고 먼저 기대하고, 다……'

'지금 무슨……'

'나도 그랬어.'

'아……'

'그래서 곪아 터질 것 같을 때가 있어.'

'……'

'한 번이잖아. 다음부턴 진지하게 얘기해 봐. 들어줄 거야, 네 여자 친구는.'

그러면서 뒤에 덧붙인 말이 있었다.

'십도훈 같지 않잖아.'

그 당시에 애정은 시즌만 되면 다이어리를 사서 스케줄을 기입하고 날짜별로 몇 줄이라도 일기를 쓰며 꾸미는 것을 좋아했다. 그런 애정의 다이어리엔 조교 일과 개인적인 일정이 함께 기입되어 있었는데 그중에 도훈과의 일정은 항상 줄이 그어져 있었다. 줄이 왜 이렇게 난잡하게 그어져 있냐고 묻자 모두 취소된 일정이거나 변경된 일정이라는 답이 돌아왔다.

단 하나도 제대로 지켜진 적이 없었던 약속들. 애정 쪽에서 불가피한 사정이 생겼던 경우는 극히 드물었다. 아니, 거의 없었다고 해도 무방했다. 그런 애정에게서 여행이 한 번 취소된 것쯤이야 별일이 아니었으리라. 면역력이 생겼다고 하기엔 너무 슬퍼 보였다.

'그럴 바에 헤어져, 누나.'

남이라서 쉽게 할 수 있는 소리였다. 그렇게 사귈 바에 왜 사귀어, 이제 그만해. 애정의 주변 사람들은 하나같이 입을 모아 그렇게 말을 했었다.

'그럴 수 있었으면 진즉에 그랬어.'
'…….'
'계속 기대를 하게 돼. 내일은 다르겠지? 모레는? 글피는? 그러다 한 번이라도 먼저 연락이 오면 종일 행복한 거야, 종일. 아, 그래도 날 생각은 하는구나, 하면서.'
'…….'
'그러면서 또 기다려, 바보같이.'

대체 얼마나 좋아하면 그럴 수 있을까. 얼마나 상대를 향한 마음이 크면 저럴 수 있을까, 라고 생각했다. 그러던 어느 날, 애정이 먼저 이별을 고했다고 했다. 처음엔 믿지 않았다. 설마, 정애정이? 심도훈 바라기 정애정이 그것도 먼저 헤어지자 그랬다고? 그래서 콧방귀를 뀌었다. 잘도 그랬겠다, 하면서.

'진짜야, 헤어지자고 했어.'
'아, 누나. 상대는 심도훈이야.'

대충 그렇게 말을 하며 숟가락질하던 걸 멈추지 않았다. 당장 허기를 달래는 게 저 허황된 말보다 더 중요했으니 말이었다.

'…….'
'……왜 그래?'

울고 있었다. 속상하다며 말을 털어놓을 때와는 확실히 달랐다. 애정의 눈물도 여러 번 보았지만 그때만큼은 정말 달랐다. 때문에 먹던 밥을 계속해서 먹을 수가 없었다. 서둘러 입가를 닦고 눈을 동그랗게 깜빡였었다.

'설마…… 에이, 설마.'
'…….'

뚝, 뚝, 뚝 눈물은 계속해서 떨어졌다.

'아니, 왜? 왜 갑자기? 아니, 진짜야? 진짜라고?'

'그래, 진짜야.'

'누나가…… 누나가 헤어지자고 그랬다고?'

'응.'

'아니, 평소에는 그래도 견딜 만하다고, 그래도 해 보겠다고 해 놓고서 갑자기 왜. 이게 무슨…….'

'춥고 외롭고 고단해.'

'…….'

'아파 죽을 것 같아. 난 다 했어, 이제. 전부 다. 지긋지긋해 졌어, 이러는 거.'

퍼 주고 퍼 주기만 하는 연애는 더 이상 못 하겠다고 그렇게 백기를 들었었다. 헤어지자고 먼저 해 놓고 매일을 눈물 바람으로 보내면서 애정은 그렇게 도훈을 잊어 냈었다.

"애정 누나 시계는 그냥 형이었어요. 다 형 위주로만 돌아갔어요. 형이 바빠서 시간을 잘 못 내니까 애정 누나가 다 했던 거죠. 어딜 가도 형이었어요."

"……."

"그렇게 해서 겨우 나아졌는데 이제 와 다시 시작하자고 하면 어떻게 덥석 좋다고 그러겠어요. 그 시간이 얼만데."

"……."

"그래서 그럴 거예요. 또다시 상처받을까 봐."

198

또다시 그 춥고 외로운 길을 걸어야 할까 봐, 그게 겁나겠죠.

"선생님."

"······."

"선생님?"

"······."

"심 선생님."

"아, 네."

"김선우 님 소견서요. 실비 청구한다고 요청하셔서, 좀 오래 기다리셨는데 언제쯤 되나 해서요."

아까 말씀드렸던 건데.

"아····· 미안해요. 네, 지금 작성해서 드릴게요. 그쪽에서 바로 인쇄하세요."

"네, 알겠습니다."

그새 정신을 빼놓고 있었나 보다. 진료실로 돌아와 재성과의 대화를 계속 생각했다. 계속, 계속. 타인의 시각을 빌리니 오히려 제가 얼마나 몹쓸 놈이었는지 알 것 같았다. 그래, 당연했다. 마치 숨처럼, 너무나.

서둘러 커피 한 모금을 하고 소견서를 작성해 처리했다. 그러고 나서 남은 환자 리스트를 체크했고 진료 일정이 다 마무리돼서야 마른세수를 한 번 하고 책상 앞 의자에서 일어나 소파 쪽으로 자리를 옮겨 앉았다.

[난 10분 후에 사무실에서 나가.]

주머니에서 울리는 진동. 발신인은 애정이었다. 제가 도경으로 들어와서 애정이 먼저 보내는 메시지를 받았던 적이 있었나? 예전에는 모조리 애정의 메시지들로 하루를 열고 또 하루를 닫았었는데.

[알았어. 내 차 타고 가. 출근할 때 내려 줬던 곳 반대편 정류장 쪽에서 기다릴게.]

병원에서부터 바로 태워서 가고 싶었지만 불편해할 수도 있으니까. 왜 저는 진즉 처음부터 이런 걸 헤아리질 못했을까.

[응, 그리로 갈게.]

잠깐 가만히 앉아 있다가 이만 자리에서 일어났다. 입고 있던 가운을 정리하고 재킷으로 갈아입었다. 어두운 얼굴로 유독 그늘이 많은 표정으로 진료실을 나섰다. 정애정 하나로 하루의 컨디션이 이다지도 엉망이 될 수 있구나, 하는 사실을 문득 깨닫게 되는 순간이었다.

10

쓴 커피를 마실 줄 알았던가? 아니다, 항상 단걸 시켰었나? 그도 아니면 아예 커피를 마시지 않았었나. 이제 이런 것들이 가물가물했다. 아니, 애초에 물어본 적이 없었다. 때문에 마음대로 주문을 해 두고 싶어도 그럴 수가 없었다.

"오빠는 라떼에 샷 추가해서 마실 거지?"

하지만 애정은 달랐다. 이미 익숙하다는 듯 제 메뉴를 대신해서 골랐다.

"……어."

잘 아네.

"내가 주문해서 올게. 잠깐 앉아 있어."

"너는?"

"어?"

"너는 뭐 마시는데? 아니, 카페에 오면 어떤 걸 주로 마시는데?"

4년을 만나 수두룩하게 커피숍을 갔으면서도 모르는 부분이었다. 애정에 대해 안다고 자신할 수 있는 부분이 그래도 저는 좀 된다고 여겼었는데. 그에 애정이 조금은 씁쓸한 미소를 지었다.

"나는 아메리카노, 조금 연하게."

카페인이 너무 강하면 밤에 잠이 잘 안 오더라고.

"아…… 그래. 아메리카노, 조금 연하게."

도훈은 그 자리에서 외우기라도 하는 양 조그맣게 혼자서 애정이 했던 말을 그대로 중얼거렸다.

"주문하고 올게."

"아냐, 내가 하고 올게."

"그럴래? 그래, 그럼."

보통은 반대였던 경우. 도훈이 딱히 그날 마시고 싶은 다른 음료를 먼저 얘기하지 않았으면 항상 애정이 알아서 주문을 하곤했었다. 오히려 자리에 앉아 카운터에서 주문하고 있는 도훈의 모습을 본다는 게 애정으로선 조금 어색했다.

"커피 금방 나왔네."

주문이 많이 없는 모양인지 주문을 하고 얼마 되지 않아 음료

2잔이 금세 만들어졌다. 연하게 내린 아메리카노를 애정의 앞으로 내려놓고 도훈도 제 앞으로 라떼를 내려 두었다.

그리고 두 사람 모두 말이 없었다. 커피 잔만 양손으로 감싸 쥐고 있는 애정을 보며 도훈도 섣불리 입술을 열지 않았다. 입 안이 바싹바싹 타는 것 같았다. 긴장으로 인해 수분이 죄 날아가는 기분. 딱, 그랬다.

"……아침에 그렇게 당황시켜서 미안해."

그렇게 잠깐 정적이 흐르고 알맞게 데워진 컵 주변을 손끝으로 훑으며 애정이 먼저 목소리를 냈다.

"괜찮아."

"풉."

우습게도 실소가 터졌다. 불편한 고요를 견디고 난 후의 대화임에도 불구하고 '괜찮다' 하는 도훈의 대답이 애정으로 하여금 그렇게 만든 것 같았다.

"왜 웃어?"

"안 괜찮으면서."

"……."

"싫어하는 거면서."

다 알지, 내가. 심도훈은 내 손바닥 안이지, 뭐.

"……."

"종일 마음이 불편하더라. 오빠 싫어하는 짓 해 가지고. 헤어진 지 그렇게 오래 지났는데도 그게 뭐라고 그렇게 마음이 불편해.

그치?"

"애정아."

"이유가 뭐야, 대체."

정식으로 들어 본 적이 없는 것 같아. 왜 이렇게까지 하는 건지, 싫어하는 짓도 오냐오냐해 가면서, 당일에 약속 잡는 것도 빤히 싫어하는데 오늘은 당일 약속에 응하기까지 하면서, 왜. 매번 주고받는 메신저 연락도 불편해하면서 매일같이 연락을 하고, 통화 길게 하는 것도 싫어하면서 한 번 전화를 받으면 족히 20분을 넘기면서 일상을 얘기하고.

그러니까 이 모든 것들이 다 낯설기만 한데 대체 왜 이렇게까지 하는 건지, 왜 이렇게까지 해서 저와 다시 시작하고 싶어 하는 건지, 하는 그 이유.

"후회해."

"……."

후회라는 단어가 도훈의 입 밖으로 튀어나올 줄은 몰랐다. 예상외의 서두에 애정이 살짝 놀란 눈을 해 보였다.

"내가 할 수 있는 최대한으로 후회해. 그런데 시간을 돌릴 수 없잖아. 시간을 돌릴 수 없으니까 그냥 너를 돌려놓으려고, 내 옆으로."

이기적인 발언인 것 같았다. 제가 그렇게 말을 하면서도 느껴졌다. 점심때 재성의 입에서 그런 말들을 들어 놓고서도 나온다는 말이 고작 이런 거라니. 그럼에도 불구하고 걸러지지 않은 제 온

전한 진심이었다.

그런 도훈의 말에 앞머리를 쓸어 넘기며 금세 피로하단 표정으로 애정이 잔뜩 가라앉은 목소리를 냈다.

"하, 그게 대체 무슨 말이야."

"이유 물어봤었지, 네가 기대하는 건 뭔데? 네가 바라던 건 어떤 건데?"

"글쎄."

"설마 뭐 거창한 이유라도 있을까 봐? 아니, 그런 거 없어. 그냥…… 자꾸 생각이 나잖아. 불쑥불쑥 네가 끼어들잖아, 내 일상에. 그래서 다시 시작하고 싶어졌어, 제대로."

"……끝이야, 그게?"

"어."

웃는 듯, 우는 듯, 화를 내는 듯 헛웃음처럼 잠깐 바람 빠지는 웃음을 지은 애정이 제 앞의 커피를 한 모금 마셨다. 그러면서 꼭 들으라는 식으로 그럼 그렇지, 조금이라도 기대를 했던 내가 바보였던 거지. 대체 뭐라고 그런 기대를 한 건지, 참. 하는 혼잣말을 한 후 목소리를 냈다.

"설령 빈말이라고 해도 그 거창한 이유라는 거 만들지 그랬어. 나는 그래. 그 이유가 필요하다고, 나는."

"……."

"나는……."

"……."

"잠깐만. 미안."

원하지 않아도, 의도하지 않고서도 눈물이 흘렀다. 왜 이렇게 눈물이 흐르는지 몰랐지만 저도 모르게 눈물이 차올라 더 말을 이을 수가 없었다. 도훈은 조용히 티슈를 애정의 앞으로 내밀었다. 가슴이 미어지는 느낌, 그럼에도 불구하고 어떻게 할 수 없는 답답한 기분.

아, 질색이다, 진짜.

쉬울 줄 알았었다. 완벽하게 쉽진 않아도 어쨌든 어려울 거라고 여기진 않았다. 목을 빼고 저만 보던 정애정이었으니 다시 흔들어 제게 오게 하는 것도 어쩌면 간단할 거라고 여겼다. 어디에서 비롯된 자만인지 몰랐다. 무얼 대단히 착각하고 있다는 것을 저는 인지하지 못하고 있었다.

때문에 간혹 이렇게 복받쳐서 우는 것도 그도 아니면 너무나 덤덤하게 이땐 이랬어, 저땐 저랬어, 라고 말을 하는 것도 죄 낯설었고 모두 다 가슴 아팠다. 울리고 있었구나, 덤덤하게 만들고 있었구나. 바보같이 왜 아무렇지 않을 거라고 여겼을까.

아니, 이것도 아니다. 그저 관심이 없었던 것 같다. 받는 게 익숙해져서, 저를 맴도는 정애정이라는 존재가 마치 숨처럼 당연해서 단 한 번도 다르게 생각을 해 본 적이 없었던 것 같다.

"……속앓이했던 거 알아."

"안다고?"

설마, 그럴 리가.

"어쨌든 그게 뭔지, 뭐 때문인지 얘기를 좀 해 줬으면 내가……."

"무슨 말을 하는 거야, 대체."

"어?"

"뭐 때문인지 얘기를 좀 해 줬으면? 하, 진짜…… 심도훈. 그래, 그런 건 관심조차 없었으니까. 4년 내내 귀 기울여 보질 않았으니까."

"……."

"내가 좋아하는 것들, 바라는 것들, 서운한 것들, 기분 나빴던 것들, 섭섭해하는 것들, 속상해하는 것들, 오빠한테 원하는 것들. 말하지 않았던 게 아니야. 말하다 보니 체념을 한 거지. 설마, 내가 그냥 무조건 마음속에만 쌓아 뒀겠어? 알아 달라고 투정도 해 보고, 표현도 해 보고, 갖은 방법 다 써 봤어. 그런데 돌아오는 반응이 냉랭하고 건조하니까. 그러다 보니 더 하고 싶지 않더라고."

물기 섞인 목소리였지만 말투는 건조했다. 그게 오히려 더 도훈의 마음을 후벼 파는 것처럼 느껴졌다.

"그런데 어떻게 그 오랜 시간을 함께할 수 있었냐고? 그래, 다들 이것부터 묻더라. 내 연애가 주변 사람들 보기에도 너무 안 괜찮은데 어떻게 계속 만나고 있는 건지. 나 있잖아, 오빠. 너무 좋아했어, 진짜. 그렇게 날 대해도 가끔 내 생각이 나서 전화 한 통 먼저 걸어 주는 게 그게 감동이었고 고마워서. 난 그런 식으로 오빠와의 관계에서 버텼어. 그런데 점점 이게, 나만 혼자 하기가 너무 버거워지더라고. 혼자 열렬히 바라보는 외바라기 사랑 같은 게 정말……."

"……."

"왜 그렇게 밀어내지 못해서 안달이냐고 물었었지? 4년 만에 불쑥 내가 일하는 병원으로 찾아와서 이 병원으로 온 게 그저 내가 이유다, 쉬운 선택이 아니었다, 이러면 내가 뭐 감동이라도 받아야 해? 이제라도 와 줘서 고맙다, 지금이라도 내 마음 알아 주려고 해 줘서 정말 고맙다, 이렇게 해야 하는 거야?"

"그런 게 아니라……."

"나는…… 나는 이제 나만 봐 주고 나만 걱정하는 그런 사람이랑 연애할 거야. 종일 뭐 했는지 나를 궁금해하는 그런 사람. 오빠한테 한 번 속지, 두 번은 속고 싶지 않아."

함께 있어도 혼자 있는 기분, 혼자 연애하는 느낌. 이런 거 한 번이면 족하잖아.

눈물로 인해 빨갛게 번진 눈가. 그게 너무 마음이 아팠다. 하지만 이런 기분을 어떻게 표현해야 하는지, 저 또한 정말 잘해 보고 싶은데 애정으로 인해 하루의 기분이 이랬다, 저랬다 하는 걸 어떤 식으로 전달을 해야 할지 몰랐다. 붙잡고는 싶은데, 다시 시작하고 싶은데, 저는 두 번은 놓치고 싶지 않은데.

"그러니까 더 안 했으면 좋겠어. 도경으로 온 이유가 내가 됐든, 뭐가 됐든…… 후우, 난 이제 신경 쓰고 싶지 않아."

"……."

무슨 말이라도, 아무 말이라도 해야 하는 건 알겠는데 차마 입술이 떨어지지 않았다. 처음 애정이 제게 이별을 고했을 때와는 감히 비교도 할 수 없는 감정이었다. 어째서 이렇게 몰아치는 느낌이 드는 걸까? 손바닥에 땀이 밸 정도의 불안, 왜 이런 것들이 저를 잠식시키듯이 엄습하는지 몰랐다.

"먼저 가 볼게, 그럼."

단호했다. 단호함이 생경하게 느껴질 만큼.

"데려다줄게."

"그냥 혼자 갈게."

"데려다준다고 했잖아."

제가 하는 게 일방적인 대화의 종료라는 걸 애정 스스로 잘 알았지만 별수 없었다. 더 앉아 있다간 저도 주체할 수 없을 정도의, 아까보다 더한 울음이 터질 것만 같아서였다. 지난 시간들도 새록새록 생각이 나는데 그게 또 금세 서러워져서 말이다. 하지만 그게 제 맘처럼 잘 되지 않았다. 갑자기 제 손목을 잡아채는 도훈 때문에 그랬다.

"왜, 왜 이래."

"차로 가, 일단."

억지로 손목을 빼내려고 해도 그럴 수가 없었다. 어찌나 꽉 쥐고 있는지 이런 식의 도훈은 생전 처음 보았다.

"아파, 아프다고. 응?"

"내리지 마. 내리면 다시 붙잡아서 태울 거니까."

조수석 문을 열고 거의 떠밀 듯이 안으로 태우는 도훈이었다. 으름장을 놓듯 말을 하는 덕분에 타자마자 내리거나 할 수도 없었다. 하는 수 없이 가만히 앉아 있자 도훈이 빠른 속도로 운전석에 올랐다. 한일자로 입을 다문 그는 애정에게 안전벨트를 채우고 제 것 또한 확인한 후 곧장 출발을 했다.

무거운 침묵이 흘렀다. 입을 닫고 무표정으로 운전하고 있는 도훈은 단 한 번도 애정 쪽을 보지 않은 채였다. 제가 느끼고 있는 바를 솔직하게 얘기했음에도 불구하고 왜 제가 이런 무겁고 불편하고 또 눈치가 보이는 기분을 느껴야 할까. 헤어진 지 아무리 오래라지만 지금으로선 꼭 그때로 돌아간 것만 같았다.

자세를 고쳐 앉는 것조차도 큰 소란일 것만 같아 애정 또한 아무 소리를 내지 않은 채 몇 십 분을 그렇게 가만히만 있었다.

"……데려다줘서 고마워."

철컥, 하고 안전벨트를 풀었다. 이 답답한 압박에서 조금이라도 빨리 벗어나고 싶은 마음과 또 도훈의 기분이 여전히 저기 압인 게 신경이 쓰이는 마음이 뒤섞인 채라 애정은 섣불리 이러지도, 저러지도 못했다. 그러는 사이 침묵을 깨고 도훈의 입새로 짙은 한숨이 흩어졌다. 그런 후 그는 나지막이 애정을 불렀다.

"정애정."

"……응."

"내가 널 조금이라도 흔들기는 해?"

그러면 얼마나 좋을까. 제발 그랬으면.

"……."

"대답해 봐."

어쩌면 명령을 하는 것 같으면서도 일말의 간절함 같은 게 뒤섞여 있었다. 답을 기다리는 순간이 마치 영겁의 시간이라도 되는 것처럼 길게 느껴질 정도로 그랬다.

"그래."

"그래?"

도훈의 시선이 재빨리 애정을 향했다.

"그러니까 흔들지 마. 연락하지 마. 내가 또다시 착각할 것 같잖아. 다시 너랑 해 보고 싶어지잖아. 내가 오빠 너, 그 정도로 좋아했어. 오빠 꿈을 꿨던 것 하나로 하루가 엉망이 되고, 이제는 아예 나타나기까지 하니 일상이 다시 오빠로 채워질 정도로 오빠를, 내가 오빠만……."

겨우 내리눌렀던 감정이 다시금 제어를 풀고 복받쳐 올랐다. 애정은 크게 심호흡을 하고 또 눈물짓지 않으려 서둘러 표정을 정돈했다.

"그래서 이렇게, 이렇게 기회가 없어지는 거다, 이거네. 그러니까……."

"응."

"어째서?"

그 이유를 여태 몇 번이고 설명했는데 어째서 '어째서?' 라는 물음이 나오는 것일까. 애정은 설마 제가 잘못 들은 건 아닌지 곧장 되물었다.

"뭐라고?"

"난…… 후우, 나는 이런 거 하나도 안 익숙해. 서툴러. 너도 잘 알잖아, 나 안 익숙한 거. 제대로 해 보고 싶은데 나는 진짜 너랑 다시 제대로 해 보고 싶은데, 그러려고 한국으로 다시 돌아와서 네가 있는 병원으로 간 건데. 일단 거기까지 한 건데 제대로 아는 게 없어."

"……."

"뭐부터 말해야 하는지도 모르겠고, 막상 네 차가운 반응에 내가 뭘 어떻게 해야 되는 건지도 모르겠어. 여기가 시큰거려, 따가워. 가슴 한편이 전기가 흐르는 것처럼 저릿하다가도 어쩔 땐 쿵, 하고 가라앉고 그래."

이렇게 느낀다는 게 생소해서 이런 느낌을 받았을 땐 어떻게 해야 하는지를 몰라서 도훈은 생각이 나는 그대로, 여과 없이 애정에게로 뱉어 내고 있는 중이었다.

"그냥…… 그냥 네가 나 좀 봐주면 안 돼?"

"무슨 말이야?"

"네가 나 좀 봐 달라고, 정애정. 나도 죽겠어, 죽겠다고. 이게 뭔지 어떻게 해결을 해야 하는 건지 차라리 공식이면 좋겠어. 풀 수 있는 문제면, 그래서 답이 나오는 거면 곧바로 하겠다고."

"……."

"그런데 뭘 어떻게 해야 하는 건데, 어? 내가 어떻게 하면 되는 건데? 도통 모르겠어. 물러나야 해? 네가 너만 바라봐 주고 걱정하는 그런 사람 만나는 거 보면서? 아니, 싫어. 못 보겠어. 아니, 안 봐. 내가 그런 꼴 보자고 여기까지 온 줄 알아? 아니야. 네가…… 네가 네 멋대로 내 머릿속을 뛰어다니잖아!"

소리 지르는 심도훈, 제 감정을 벗어나는 심도훈, 횡설수설해서 말도 여러 번 하는 심도훈. 단 한 번도 본 적 없는 심도훈.

"헤어져 있는 4년 내내 그랬다고. 내내! 그냥 좀…… 하, 좀 돌아왔어, 좀 걸렸어. 나도 이게 뭔지 몰라서 엄청 신중했다고. 내 일상이 그냥 너였어. 온통 너였잖아. 네 맘대로 너였잖아! 그런데 나한테 좀 흔들리면 안 돼? 어? 내가 그렇게 미워 죽겠어? 내가 그렇게 잘못했어? 그럼 벌주면 되잖아. 벌받겠다고. 대신 네 옆에서, 너 만나면서. 그렇게 하게 해 달라는 거잖아. 실수 안 하겠다고, 반복 안 하겠다고."

돌이킬 수 없을 것 같은 느낌이 강하게 들었다. 언제고 제가 원한다면 제 옆으로 올 것 같던 애정이 이대로라면 영영 저와 다시는 시작하지 않을 수도 있다는 생각이 무척이나 강렬했다. 두서없이 말을 하는 것, 논리 정연하지 않은 것, 저는 이런 것들은 딱 질색이었다.

그럼에도 불구하고 정리되지 않은 마음들이, 아직 채 다 걸러지지 않은 말들이 무작정 입 밖으로 튀어 나갔다. 제가 대체 무슨 말을 어떻게 하고 있는지조차 모를 정도로 그냥 생각하는 것 그 대로, 제 있는 마음 그대로가 모조리 나갔다.

"······맙소사."

애정은 두 눈을 깜빡거렸다. 방대하게 쏟아 낸 도훈의 말들이 죄다 느리게 제 머릿속에서 되풀이되고 있었다. 그러고선 입을 틀어막듯이 손을 올려 막고는 놀란 두 눈을 다시금 깜빡거렸다.

"그러니까 제발 좀······ 후우, 제발 좀 네가 날 봐 달라고, 정애정. 네가 날 좀······ 조금이라도 봐줘."

햇수로만 무려 4년이었다. 4년을 그의 곁에서 춥게, 홀로 외롭게 버텼는데 제 병원으로 온 지 고작 두 달도 다 채우지 않고 이런 말들이 잘도 튀어나오다니. 그런데 더 억울한 건 제 마음이 그를 향해 쏟아진다는 것이었다. 이러한 도훈의 얼굴과 표정 그리고 목소리를 눈으로 보고 들으면서 제 마음이 흔들리다 못해 그냥 도훈에게로 모조리 쏟아져 버렸다. 심도훈이 뭐라고, 대체 심도훈 하나가 뭐라고.

"하아, 정말······."

애정은 손등으로 제 눈두덩을 덮고 카시트에 깊숙이 머리를 기대었다. 그렇게 한숨을 내쉬는 걸 듣고서 도훈은 여전히 불안한 눈동자로 애정을 빤히 바라보았다. 무슨 대답을 할까, 대체 어떤 생각을 할까. 그래도 안 된다고 하면 어쩌나, 그때 저는 어떻게 해야 하는 거지? 뭘 더 해 볼 수 있는 거지. 차라리 누가 알려 주기라도 하면, 이렇게 해라, 하고 가르쳐 주기라도 하면 좋겠는데.

"……미치겠다, 진짜."

자조적인 한숨인 듯 애정의 입 새로 지친 목소리가 나왔다. 쿵, 도훈의 심장이 또다시 무너지는 것 같았다.

"……."

"아, 정말 속수무책에 고집불통."

"……."

"너 때문에 내가 진짜…… 얼마나 아팠는데, 얼마나 괴로웠는데, 그랬는데…… 내가, 또…… 또 너한테 이렇게…… 하아……."

그런데 마음이 자꾸 움직이는걸. 한 번 속지, 두 번 속느냐고 그렇게 스스로 마음 단속을 재차 해 봐도 이미 쏟아졌는걸, 그렇게 된 걸 어떡해. 저 얼굴로, 저 목소리로 저렇게 애원 아닌 애원을 하는데. 그 잘난 심도훈이, 그렇게 저만 알던 심도훈이.

"……알았어."

애정은 느릿하게 고개를 끄덕였다. 그에 도훈이 제법 기민하게 반응을 했다.

"뭘?"

뭘 알았다고 하는 거야, 어?

"내가 너한테…… 진짜, 내가 너한테……."

"애정아."

"알았다고 하잖아."

"그러니까 뭘."

"해 보겠다고, 다시. 너랑 이 연애 다시 해 보겠다고, 그러겠다고."

"한 번 더."

"어?"

"한 번 더 말해 봐."

말해 달라는 것도 아니고 말해 보라니. 진짜 이 빌어먹을 명령조는 도통 바뀔 기미가 없는 것 같았다. 애정은 한숨을 푸욱 내쉬고 목소리를 가다듬었다.

"할게, 다시. 이 괜찮지 않은 연애가 대체 어디까지인지 한번 두고 보겠다고. 너랑 만나겠다…… 으앗!"

말을 다 맺지도 않았는데 와락, 하고 도훈이 애정을 끌어당겨 안았다. 양팔로 얼마나 저를 억세게 휘감는지 여차하면 숨도 제대로 못 쉴 것 같았다. 불안함을 느끼기라도 했는지 제 옷엔 도훈의 손에서 배어났던 땀이 그대로 눅눅하게 묻어났다. 애정도 겨우 팔을 빼서 그런 도훈을 마주 안았다.

아, 진짜. 미치겠다, 정애정. 돌아 버리겠다, 정애정. 이 결정 후회 안 하겠지? 정말 잘 한 거 맞겠지?

그렇게 속으로 다시 고민을 하는 걸 알았을까, 귓가에 도훈의 낮은 저음이 들려왔다.

"보고 싶었어. 미치는 줄 알았어."

"……나도."

그래, 뭐가 됐든 해 보자, 다시. 그래, 내가 졌다, 심도훈.

11

다시 연애를 해 보자고 한 이후로 딱히 드라마틱한 변화를 꿈꾸진 않았다. 사람이 하루아침에 변하는 것도 아니고 그러기엔 저도 그리 많은 기대를 걸고 있지 않으니까.

하지만 그럼에도 불구하고 도훈이 변하고자 하는 노력은 곳곳에서 보였고 저 또한 그걸 보면서 여태 상처받았던 마음이 조금, 조금씩 누그러지는 중이었다. 곧바로 모든 것들이 마법처럼 녹진 않겠지만 그야말로 차츰차츰.

[이거 맞지?]

도착한 메시지는 이미지가 함께였다. 얼마 전 같이 갔던 카페에서 제가 예쁘기도 예쁘거니와 꽤 실용적일 것 같다며 한참을 이리 보고, 저리 보고 했던 텀블러.

[응. 왜?]

용케도 기억을 해 내서 이미지까지 찾아내다니.

[너 사 주려고. 그런데 다른 비슷한 거랑 좀 헷갈려서. 몰래 사 주려고 했는데…….]

피식, 웃음이 났다. 깜짝 선물도 해 본 사람이 해 준다고. 이건지, 저건지 헷갈려서 물어보는 게 벌써부터 서프라이즈는 실패였다. 그럼에도 불구하고 좋았다. 바로 이렇게 보이니까. 저를 생각하는 게 느껴지니까.

[그런 마음 하나로 벌써 성공이야.]

답신을 보내면서 한 층 위로 올라가는 에스컬레이터에 몸을 실었다.

"오늘 심 쌤 옷 입은 거 봤어?"

"아니?"

"완전 댄디. 그야말로 댄디남의 정석."

"와, 진짜?"

실습을 하러 왔으면 실습이나 잘할 것이지 왜 남의 남자 옷 스타일에 이렇게 관심을 가지고 이러쿵저러쿵 떠들어 댈까. 몇 계단 앞서 에스컬레이터를 타고 올라가는 그녀들의 목소리를 듣고 애정은 보이지 않게끔 인상을 일그러뜨렸다.

"일단 키도 되고, 체격도 되고 무엇보다 얼굴이 되니까 뭘 입어도 잘 어울리는 거 아닐까? 저번 주인가? 셔츠에 맨투맨 입고 오셨던데, 그것도 무슨 대학생인 줄 알았어."

대학생이라니. 심도훈이 키도 되고, 체격도 되고, 얼굴도 되니 뭘 입어도 잘 어울리는 건 인정한다지만 맨투맨 좀 입어 줬다고 해서 대학생씩이나 보일 동안 얼굴은 아니란 말이다. 대학생? 어림도 없지. 좀 많이 봐줘서 대학원생이라고 하면 좀 믿겠다만.

속으로 생각하며 픽, 코웃음을 쳤다.

"너무 멋있어, 진짜. 식당에서 혼밥하는 모습조차 화보."

"인정."

그래, 나도 인정.

재잘재잘. 잘도 떠들어 대면서 이리 호들갑, 저리 호들갑. 아니, 병원에서 좀 생겼다고 할 만한 사람이 심도훈밖에 없나? 심도훈이 들어오고 나서 심심치 않게 들려오는 그의 여심 저격에 아주 그냥 애정은 질릴 지경이었다. 과장된 표현을 좀 섞어서 대학교 때에도 그가 지나가면 여럿 돌아보았다고 하지만 지금은 그야말로 아저씨인데. 좀 젊은 아저씨.

"정 대리님?"

"네?"

"앞 좀 보고 다니시죠."

아, 아까 실습생들 사이에서 깜빡한 것이 하나 있다면 목소리. 그래, 목소리가 빠져 있었다. 이 매력적인 중저음 음성. 아, 어떡할 거야.

다시 한 번 더 기회를 달라며 제게 오던 도훈에게 이제는 아니라고 다시 상처받기 싫다고 너라는 사람과 두 번 다시 연애는 하지 않겠다며 그렇게 거절을 할 때는 언제고 애정은 요즘 다시 도훈에게 푹 빠지고 있는 중이었다. 정신을 차리고 싶어도 도통 그럴 수가 없었다. 작정을 하고 저런 미소에 저런 목소리를 하고 저를 보는데 어떻게 목탁만 두드리며 평정을 유지할 수가 있을까? 아니, 못 할 일이었다.

"마음에 안 들어."

지나가다 밑에서 애정이 올라오는 걸 보고 멈추어 서서 기다렸더니 돌아온단 대답이 저것이라니. 도훈이 제법 당황스럽다는 얼굴을 하고 애정을 마주 보았다.

"뭐가?"

애정은 빠르게 도훈의 위아래를 살폈다. 아까 실습생들이 말을 하던 '댄디함'을 찾아보기 위해서였는데 구태여 그렇게 살피지 않아도 풍기는 분위기에 일순 질투가 차올랐다. 그래, 남들 눈에도 엄청 멋져 보이겠지. 제 눈에도 이렇게 완벽한데.

"왜?"

가타부타 대답도 없이 가자미눈을 하고 있는 애정에게 도훈이 다시금 영문을 모르겠다는 표정으로 물었다.

"알지?"

"주어도 없고 목적어도 없고, 뭘? 뭘 안다는 거야?"

"인기 많잖아."

하긴. 하루 이틀 일도 아닌데.

"내가 무슨 인기가 많아."

"커피 뽑으려고 자판기 앞에서 기다리면 뽑아 주겠다고 하는 사람들이 줄을 섰다면서? 그것도 이이이마아아안큼! 내가 말했잖아. 병원 소문 장난 아니라고."

"참나. 뭘 줄을 서."

과장도 정도껏이지. 그냥 한두 번 그랬던 적은 있어도. 게다가 어디가 끝인 줄도 모르게 손을 그만큼 뻗을 건 또 뭐래.

도훈이 고개를 절레절레 느릿하게 흔들었다.

"하여튼!"

"왜. 뭐 때문에 그래?"

"피곤해."

"피곤해? 갑자기? 나랑 잘 대화하다가?"

"잘난 사람이랑 만나는 것도 피곤하다고. 어딜 내놔도 잘생겼다, 잘생겼다 그러는데 질투가 나, 안 나? 왜 그렇게 잘생기래? 누구 믿고 잘나고 그러래, 어?"

"좋네."

"뭐?"

"지금 당장 안아 보고 싶은데 그건 안 되겠지?"

입 모양은 안 되겠지, 라고 하면서 슬금슬금 애정 쪽으로 거리를 좁혀 오는 도훈이었다. 그에 애정이 놀란 얼굴을 하며 반걸음 뒤로 몸을 뺐다.

"뭐, 뭐 하세요?"

"갑자기 존대야?"

"아니, 이렇게 다가오시니까 그러죠. 누가 지나가다 보면 어쩌려고. 대화도 엿듣고 그러면 어쩌려고."

"먼저 말 놓은 게 누군데?"

마음에 안 든다니 그런 소리 하면서.

"……."

"찔리지? 지금 딱 찔리는 표정이고만."

"가던 길 가시죠, 그럼."

"정애정."

뒤를 돌아 방향을 틀려던 애정을 도훈이 선 자리에서 호명으로 붙잡아 세웠다.

"왜."

가만히 서 있어도 화보네, 정말. 그 와중에도 도훈을 보며 애정은 이렇게 생각을 했다.

"잘난 건 어쩔 수 없어. 생긴 것도 이렇게 태어난 걸 어떡해. 부모님께서 꿀 조합으로 잘 낳아 주신 걸."

"허!"

답지 않은 허세와 과시가 언제 생겨났지?

"그런데 너밖에 안 보여."

"……."

"내가 너 하나 얻자고 만리타국에서 여기까지 날아왔던 거, 그거 진심이야. 항상 기억해 줬음 좋겠어. 온갖 메인 병원들 마다하고 이곳 도경으로 온 것 또한."

가운 주머니에 가볍게 손을 찔러 넣고 있는 모습조차 멋있어 보였다. 어디서 배운 것도 아니면서 영화 같은 대사를 하는 것도 무척이나 설레게 만들었고. 질투로 잠시 입을 삐죽댔던 제가 무안할 정도로.

"……알았어."

"그리고 너도 솔직히 내 외모에 넘어온 거잖아. 맞아, 틀려?"

"……."

아오 씨. 잘 나가나 싶더니 역시 이렇게 삐뚯하지!

질투라는 게 어떤 감정일까. 계속해서 누군가가 저를 짝사랑을 하고 선망해 왔다지만 정작 선망의 대상이 된다는 느낌은 정확히 무엇이지? 게다가 뜬금없이 자리를 차지한 이것은 호의인가, 호감인가.

진료실 제 책상에 놓여 있는 앙증맞은 글씨체의 포스트잇과 근처 커피숍 테이크아웃 음료를 보며 문득 도훈은 생각에 잠겼다. 이게 바로 아까 애정이 말을 하던 그 마음에 안 드는 지점인 건 알겠는데 어째서 이런 걸 가지고 일일이 질투를 하고 마음에 안 들 수가 있는 거지? 그리고 이 쪽지와 음료수는 단순히 제가 당분을 충전했으면 하는 호의인 건지, 정말 제게 마음을 드러내고픈 호감인 건지에 대해서 조금 의문이었다. 그야 당연히 그런 걸 일일이 구별해 낼 필요도 없었고 관심도 없었거니와 별로 중요한 문제도 아니었으니 말이다.

"망고라떼네요?"

투명한 컵에 담긴 망고 과육과 우유가 아직 완벽하게 섞이지 않은 걸 보고서 우 간호사가 말을 건넸다.

"아, 그래요?"

"네. 그 카페에서 요즘 한창 잘 나가고 있잖아요."

"아."

그러면서 그녀는 흘긋 바로 옆에 있는 포스트잇도 보았다. 분명 도훈을 몰래 짝사랑하고 있는 누군가가 두고 간 것이겠지.

"드실래요?"

"네? 저요?"

기록지를 책상 한편에 올려 두고 이만 나가 보려던 찰나 갑자기 권해지는 망고라떼에 우 간호사가 눈을 동그랗게 떴다. 아니, 누가 봐도 호감을 표현하기 위해 올려 둔 음료를? T카페의 망고라떼라면 굳이 제가 마다할 이유는 없다지만 아무리 그렇다 해도 좀 너무하지 않나.

"네. 저 이런 음료 별로 안 좋아해요. 과일 들어간 건 더더욱."

"아……"

그래도 사람 성의가 있지, 참.

내밀어지는 음료 컵을 마지못한 표정으로 받아 들었다.

"저, 근데 선생님."

"네."

"선생님 생각해서 두고 간 것 같은데……."

"누군지 모르겠지만 별로 생각해 달라고 한 적도 없고 하필 또 선호하지 않는 음료이기도 하고. 그렇다고 버려 버릴 순 없잖아요?"

그러니까 지금 쓰레기통에 버릴 바에야 저한테 버린다, 이런 건가? 이런 몹쓸…….

"네, 뭐. 그러면 잘 마실게요."

"네."

끄덕끄덕. 그리고 몇 줄 적혀 있는 앙증맞은 포스트잇도 별 감흥 없는 표정으로 보던 도훈이 이내 그것은 쓰레기통으로 버려 버렸다. 그나마 꾸깃꾸깃 구겨서 버리는 게 아닌 것이 다행일 정도로.

세상에나. 매정한 놈.

과육과 우유가 잘 섞이게끔 빨대로 살살 휘저으며 데스크로 돌아오는 우 간호사를 우연히 마주한 다른 간호사 하나가 꽤 의아하다는 표정으로 그녀를 보았다.

"뭐야, 그건?"

"이거? 망고라떼."

"그러니까 그걸 왜 저 방에서 가지고 나와?"

방금 심도훈 쌤 방에서 나온 거 아니야?

"아. 별거 아니야."

"응?"

"아니, 세상에 자기 안 마실 거라고 나한테 버렸어."

"어? 그게 무슨 말이야?"

이해할 수 없다는 표정으로 되묻는 동료에 우 간호사가 어깨를 한 번 으쓱했다.

"누가 심 쌤 마시라고 두고 간 모양이더라고, 포스트잇이랑. 뭐, 거리가 멀어서 안에 내용은 못 봤는데 빤하지, 뭐. 우리 실습생들도 이것저것 두고 가기도 했잖아. 심지어 내원한 환자분들도 그랬었고."

"뭐…… 그렇긴 하지."

"어쨌든 자기 마시기 싫다고 나 줬어."

"그래? 아, 뭐 아무리 그래도 누가 선생님 생각해서 두고 간 건데 굳이 남한테 그걸……."

"그렇지? 나도 매정하다고 생각했어."

"별로 안 마시고 싶으셨던 건가 봐?"

"웃겨. 하는 말이 글쎄, 누군지 모르겠지만 별로 생각해 달라고 한 적도 없고 하필 또 선호하지 않는 음료이기도 하고. 그렇다고 버려 버릴 순 없잖아요? 하는 거 있지?"

일순 마주 보고 서 있던 동료의 표정이 착잡하게 변했다. 눈치 하나라면 둘째가라면 서럽다고 본인 입으로 항상 떠들어 대던 그녀였지만 막상 바로 앞에서 누군가가 사색으로 변하고 있는데 그걸 눈치채지 못하고 있는 것 같았다.

"아……."

"이런 거 두고 간 사람만 불쌍하지, 뭐. 누군지 모르겠지만. 아! 그리고 포스트잇도 그냥 버려 버리는 거 있지?"

"포, 포스트잇도?"

"응."

쭉, 쭉 투명한 스트로 안으로 적당히 잘 섞인 음료가 잘도 오르내리고 있었다.

"참…… 칼 같으신 분이네, 심 선생님."

"좀 그런 면이 없지 않잖아. 환자들한테만 더러 친절한 부분이 있지 딱히 뭐 사람이 곁을 주거나 하는 건 없지 않아?"

"뭐……."

"응? 그런데 표정이 왜 그래?"

"표정? 표정이 왜?"

"꼭 실연이라도 당한 것처럼. 누가 보면 자기가 이거 두고 간 줄 알겠다."

다른 쪽 손으로 컵을 옮겨 들며 우 간호사가 동료의 옆구리를 쿡, 하고 장난스럽게 찔렀다.

"……."

다시 한 번 쭉, 쭉. 빠른 속도로 음료는 얄밉게도 비워지고 있는 와중이었고 동료는 제 옆구리를 찌르는 그녀에게 웃어 줄 수가 없었다. 아무 말 없이 있는 그녀에 그제야 뭔가 이상한 낌새를 눈치챘는지 우 간호사가 마시던 걸 멈추고 그녀를 마주 보았다.

"왜…… 왜 그래?"

"맛있었어?"

"응?"

"자기라도 맛있게 마셨으면 됐어. 누구는 별로 생각해 달라는 것도 아니고 하필 선호하지도 않는 거라지만."

"어머. 설마……."

우 간호사는 어느새 바닥을 드러내 얼음만이 남아 있는 음료 컵을 한 번, 제 동료를 한 번 번갈아 보았다.

세상에. 그 포스트잇이 자기였구나. 이런 매정한 심도훈 선생님 같으니라고.

"처, 철벽 그런 거 아닐까? 하하. 애인이 있을 수도 있는 거니까."

"……."

"그, 그런 것 같아. 요즘 휴대폰도 자주 보고 그러시더라고. 아무래도 누군가 있으면 이런 선물 받고 하는 게 좀 그렇잖아?"

"괜찮아."

애써 고개를 끄덕끄덕거리는 게 상당히 안타까웠다. 그것도 모르고 면전에서 음료를 마시고 있었으니.

"……."

"그런데 자기가 그렇게 말하니까 궁금하긴 하다."

"응? 뭐가?"

"대체 심도훈 같은 사람은 누굴 만나나."

"어이, 정 대리."

"네?"

타닥, 타닥, 타닥 열심히 자판을 치고 있던 와중이라 부르는 소리에 몸을 완전히 돌리진 못했다. 고개만 대충 소리가 들리는 쪽으로 한 번 흘끗 보며 대답을 했다.

"이거 엑셀로 옮겨 가지고 차트 좀 만들어 놔 줘."

지나가는 누가 봐도 업무에 한창 바빠 보이는 게 분명함에도 불구하고 느릿느릿하게 걸어온 과장이 건네는 말이라는 게 너무 어처구니가 없었다. 또 제때에 하지 않고서 아랫사람들한테 일을 떠넘기려는 심산이겠지. 것도 마감 날짜가 다 돼서!

"……."

"표정 뭐야?"

표정 뭐냐니? 띠꺼운 표정이다, 이 자식아.

"죄송합니다만 저도 지금 업무가 과량이라."

"내가 오죽하면 이래? 지금 내가 쳐 내는 일도 많으니까 부탁 좀 하는 거잖아."

부탁? 부우타악? 아오 씨.

"……."

"급할 건 없어. 이따 오후 5시 안에만 넘겨주면 돼, 알았지? 수고."

가타부타 대답도 제대로 듣지 않고 과장은 그렇게 자리를 떠 버렸다. 애정이 덩그러니 제게로 남겨진 아니, 떠안겨진 일을 보며 한숨을 폭 내쉬었다. 5시까지 이걸 하려면 제 일은? 제 일은 언제 다 한담? 저도 다 기한이 정해져 있는 일인데?

[오빠.]

여유가 좀 있었다. 어쩌면 내성이 생긴 것이기도 했다. 심도훈에게 메시지를 보내 놓으면 곧장 답이 오지 않는다는 것. 아니, 어쩔 땐 아예 답이 오지 않는 것 또한 모두 익숙한 것이라 애정은 조금의 조바심도 없었다. 아무리 진료 스케줄이 없는 때라고 해도 매번 휴대폰을 쥐고 일일이 빠르게 확인하는 심도훈이 아니니까.

[응.]

그런데 금세 메신저가 답신이 옴으로 인해 깜빡거렸다. 요즘은 휴대폰을 달고 있기라도 한 건지 진료하는 중이 아닐 땐 거의 곧바로 답신이 오곤 했다.

[오늘 저녁 어렵겠어.]

[왜?]

[마감이라 일이 좀 많아. 퇴근 늦어질 것 같아서.]

저놈의 과장만 아니었더라면 이럴 일이 없었겠지만.

[아, 그래? 그러면 어쩔 수 없지.]

[미안. 다음에 저녁 하자.]

[집은 어떻게 가려고?]

[버스 타고 가면 되지.]

원하는 답이 있었던 건 아니었다. 사실만을 전달했고 어쨌든 제 사정으로 인해 저녁 약속이 어겨지는 것이니 미안함이 주를 이루었다. 때문에 어쩔 수 없다는 말에도 아무런 감흥이 없었다. 그런데 돌아오는 도훈의 대답은 참으로 의외였다.

[기다릴게, 그럼.]

설마, 제가 지금 바로 읽은 게 맞나? 기다린다고?

[기다리다니? 언제 끝날지 모르는데.]

그럴 시간에 다른 걸 뭐든 하는 게 낫다고 생각할 심도훈이 대뜸 기다리겠다니. 것도 일을 마치는 시간이 딱 정해진 것도 아닌데.

[어차피 수술 영상 볼 것도 있고 기다리면서 할 거 하고 있으면 돼.]

[오빠 먼저 가도 돼.]

진심이었다. 괜히 던지는 말이 아니라.

[너 데려다주고 싶어. 나 신경 쓰지 말고 일 천천히 하고 연락 줘.]

'데려다주고 싶어.' 이것만 확대되어 보이는 착각이 일었다. 방금까지 저에게 일을 떠넘긴 과장으로 인해 짜증이 머리 꼭대기까지 치솟았는데 그게 언제 그랬냐는 듯 금세 가라앉았다. 배시시, 혼자 미소를 짓기까지.

치. 요즘 뭐 이렇게 예쁘게 굴어.

다들 먼저 퇴근을 하고 저만 덩그러니 남아 참고해야 할 영상들을 다 살피고 책들도 좀 보고 했지만 애정의 퇴근 소식은 좀처럼 들리지 않았다. 8시는 족히 넘어가고 9시가 다 되어 갈쯤에서야 울리는 메신저가 이렇게나 반가울 수가 없었다. 그렇다고 기다리는 시간이 지루했던 건 아니었지만 좀 빨리 보고 싶으니까. 병원에서는 대놓고 티를 낼 수 없으니 퇴근을 하고부터는 좀 맘껏 그러고 싶으니까.

도훈은 후다닥 외투를 챙겨 들고 진료실을 나섰다. 애정이 기다리고 있을 정류장으로 얼른 차를 끌고 갔고 친히 몸을 뻗어 조수석 문까지 안에서 열어 주었다.

"미안해, 오래 기다렸지?"

"아냐, 별로 오래 안 기다렸어. 밥은?"

"난 아까 대충 먹었는데. 오빠는?"

"응, 나도 병원 밥 먹었어."

"좋긴 하네."

"뭐가?"

"이렇게 기다려 주니까."

항상 기다리는 건 내 쪽이었는데 오빠가 이렇게 기다려 주니까 뭔가 느낌이 이상하기도 하고, 적응이 안 되는 것 같기도 하고.

"언제든 기다릴 테니까 편하게 해."

"왜 갑자기? 기다리는 거 엄청 싫어하는 사람이."

"경우가 너라면 다르지."

"옛날 생각 난다."

"무슨 생각?"

정확히 언제라고 콕 집을 수는 없지만 어쨌든 딱 한 번 제가 무척이나 늦었던 적이 있었다. 무척이라고 해 봐야 1시간 정도. 간만에 영화를 함께 보자고 했던 날이라 엄청 기다리고 기대하고 있던 날이었다. 하필 그날 초를 쳐도 분수가 있지, 갑자기 급하게 팩스 몇 건을 받아야 한다며 무한정 과사에 대기를 타고 있으라 했던 한 교수 덕택에 약속 시간에 늦어 버렸다. 모처럼 만에 영화 약속을 받아 두었던 날이었는데.

'미안해, 10분이면 될 것 같아.'

'10분? 일단 알았어.'

'정말 미안. 이제 출발해.'

10분이면 족할 것 같았던 게 30분을 초과했고 약속 시간에 도착을 하니 벌써 1시간은 훌쩍 지나 있었다. 예매를 해 두려다 그냥 가서 보자는 생각에 하지 않았다. 그게 그 순간 그렇게나 다행일 수가 없었다. 하지만 문제는 영화가 아니었다.

'오빠, 나 도착했는데 어디에 있어?'

— 메시지 못 봤어?

'메시지?'

급히 오느라 휴대폰 메시지함을 제대로 확인하지 못했었다. 그제야 메시지를 보는데 이왕 늦을 것 같으니 영화는 다음에 보자는 내용이었다. 곧장 시무룩해진 제가 볼멘 목소리를 숨기지 못했다.

'늦어서 미안한데 오빠…… 오늘 영화 보기로 한 날이잖아. 내가 미안해.'

사정이 없었던 건 아닌데…….

— 나 기다리는 거 질색이야, 알잖아. 10분이면 충분히 기다렸어.

'……'

10분. 그래, 제가 어쩌다 기다리게 만들었다지만 제 쪽에서 일방적으로 통보를 받고 기다렸던 시간을 합하면 몇 달은 나올 것만 같았다. 그런데 제게 여유를 줄 수 있었던 시간이 고작 10분이었다니. 몹시 씁쓸해졌다.

— 영화는 다음에 보자.

'……응.'

"심도훈한텐 딱 10분이었잖아."

"……"

미안하다는 말조차 나오지 않았다. 제 기억 속엔 가물가물하고 그런 적이 있었나, 싶었던 일이 애정에겐 여태껏 생생하다는 게 그저 마음이 너무나 아팠다. 제가 그 정도였구나. 제가 정말…….

"그러니까 엄청나지. 여태까지 군말 없이 기다렸다는 게. 몇 분도 아닌 몇 시간씩이나. 안 그래?"

"애정아."

"이제 와 잘잘못 따져서 뭐라 하는 건 아니야. 내 선택이었으

니까. 그땐 내가 그렇게 무작정 기다리고 또 기다리고 했었던 거
니까."

"……."

겪어야 할, 넘어야 할 과제들이 한참 많은 것 같았다. 이제 와
조금 변했다고, 이까짓 거 한 번 잘했다고 모두 다 어루만져질 시
간들이 아니니까. 도훈은 갓길에 차를 잠시 세웠다.

"응? 왜?"

"안고 싶어서."

채우고 있던 벨트를 풀어 내고 팔을 뻗어 애정을 품에 안았다.
애정만의 향이 꼭 안정감을 주는 것처럼 코끝을 자극했다.

"뭐야, 심도훈. 안 어울리게."

"너 그 말끝마다 심도훈, 야, 너, 하는 거 진짜 안 고칠래?"

이게 아주 버릇이 됐어, 버릇이.

"왜, 뭐."

"후우, 알았다. 마음대로 해. 뭐든 괜찮아."

"정말?"

믿을 수 없다는 듯 애정이 눈을 동그랗게 떴다. 웬일이래, 갑자
기?

"응."

"왜 이래, 적응 안 되게."

부러 경계를 한다는 듯 눈을 가늘게 뜨자 도훈이 그런 애정을
보며 가볍게 어깨를 한 번 으쓱해 보였다.

"이까짓 걸로 뭐."

"응?"

"앞으로 적응 안 될 일투성이일 텐데, 뭐."

아직도 무엇이 맞는지, 뭘 어떻게 해야 잘하는 건지 잘 몰랐다. 애정과 만날 때 얼마나 잘못을 했고 얼마나 홀로 외롭게 내버려 뒀는지 하는 것들도 모두 하나, 하나 다 헤아릴 순 없었다. 그래, 뭐든 제가 우선이었고 제 위주였고 연인 관계라는 게 있어도 그만, 없어도 그만인 정도였으니.

그럼에도 불구하고 애정의 무한한 애정은 달랐다. 저도 모르는 사이 곳곳에서 묻어나는 그녀의 흔적들이 헤어지고 나서 얼마나 저를 괴롭히고 또 괴롭혔는지……. 대체 그 감정이 무엇인지, 왜 그런 건지 골똘히 생각을 해 보는 데에도 얼마나 오랜 시간이 걸렸는지 몰랐다. 하지만 돌아와서 애정을 보는 순간 모든 것이 확실해졌다. 사무실 빈자리를 차지하고 있는 그녀의 이름을 봤던 그 것만으로도 알 수 있었다.

아, 정말 그녀를 그리워하고 있었구나. 정말 그녀를 옆으로 데려다 놓고 싶었구나.

"하나씩만 해, 하나씩만."

잠시 잠깐 반추에 잠겨 있던 사이 애정은 검지로 숫자 1을 만들어 강조를 하듯 도훈의 앞으로 흔들었다. 그러자 도훈이 더더욱 그녀를 꼭 껴안았다.

"그렇다고 해도 서투를 수 있어. 아직 이런 것들 다 안 익숙해.

한다고 하는데도 삐걱댈 수 있어."

"……알아."

어쩌면 이렇게 말을 하는 것조차도 그에겐 큰 도약과도 같았
다.

"그래도 옆에 있어 줘."

"……."

"왜 대답을 바로 안 해?"

"하는 거 봐서."

라고 하는 애정의 답이 떨어지자마자 도훈이 안고 있던 팔을
풀어 내 멀찌감치 거리를 두고 애정을 마주 보았다. 그의 눈이 초
롱초롱해진 것으로 보아 분명 제 대답이 마음에 안 들었던 것이
틀림없었다.

"하는 거 봐서? 하는 거 안 보면 뭐 변심이라도 하겠다는 뜻이
야?"

"당연하지."

"다, 당연?"

진심으로 헛웃음이 나올 지경이었다. 이게 농담으로 한다손 치
더라도 받아들이는 저로서는 무척이나 심각했다.

"내가 뭐 고목나무에 딱 붙어 있는 매미도 아니고 하는 거 봐
서 저리 갈 수도 있는 거지. 안 그래?"

"그러지 마."

"뭘 그러지 마."

"그냥 그러지 마. 마음에 안 들어."

널 또 잃고 다시 찾고 하는 거 두 번 다시 하고 싶지 않아. 충분히 많이 돌아왔고, 충분히 많이 깨달았어.

"하여튼 단어 선택 한번 독단적이네. 그냥 그러지 마, 마음에 안 들어."

이게 뭐야.

"……미안."

"이런 것도 적응 안 돼. 곧장 미안하다고 하는 것도."

사전에 수긍이라는 게 없는 사람이었는데 이제는 제법 미안하다는 말도 잘 나왔다. 핀잔을 주는 게 아니라 사실 그대로를 언급한 것임에도 제 말이 조금 따가웠는지 도훈의 얼굴에 살짝 그늘이 드리워졌다.

"그러게. 전에는 이런 것도 없었던 것 같은데……."

"칭찬해."

"칭찬은 무슨."

답지 않게 주눅이 드는 것처럼 처지는 도훈의 표정에 애정이 피식, 하며 웃다가 이번엔 그녀가 먼저 두 팔을 벌려 그를 한가득 끌어안았다.

"나도 참 못 말리겠다."

"왜."

"좋은 걸 어떡해."

그렇게 잃고 잃었던 시간들이 수도 없이 있었음에도 불구하고 이 연애에 다시금 마음을 주는 나는 정말.

"나도 좋은 걸. 꽉 붙들고 있을 거야. 도망 못 가게."

"그래, 꽉 붙들려 있을게. 도망 안 가도록."

안고 있던 팔을 풀고 마주 보았다. 오랜 시간 아프고 힘들었던 만큼 앞으론 좋은 일만 있을 수 있게, 이 연애가 좀 더 괜찮을 수 있도록 차근차근 헤쳐 가야지. 조금만 웃어도 껌뻑 죽을 정도로 훈훈한 저 미소에 또 정에 죽고 사랑에 죽는 제가 다시 한 번 제대로 이 연애를 해 보려고 한다. 괜찮을 수 있겠지?

괜찮지 않은 연애 part 2

에필로그 1

왜 그렇게 커플들이 서로의 휴대폰을 보면 싸움이 나는 건지 솔직히 처음엔 이해하질 못했다. 아니, 왜 남의 휴대폰을 그렇게 보려고 하고 관심을 가지는지부터가 이상하다고 생각했다. 그러나 한 번 보고 나니까 사람들이 왜 이토록 휴대폰에 집착을 하고 특정 메신저 대화 기록에 예민한지, 발신인은 어떤 사람인지에 대해 궁금해하는지 조금은 알 것 같았다. 특히 이성이라면 더더욱 말이다.

"……."

맹세코 의도를 갖고 보려고 본 게 아니었다. 절대 일부러 애정의 휴대폰에 손을 댄 것이 아니었다. 함께 카페에 있던 도중 애정이 잠시 화장실을 간다고 자리를 비운 사이 벌어진 일이었다. 항상 화면의 밝기를 뭐 이렇게까지 밝게 해 두는 건지, 라고 여겼던 애정의 휴대폰이 메시지가 들어옴으로 인해 번쩍번쩍 빛이 났다. 때문에 다른 곳에 두고 있던 제 시선이 그리로 꽂히는 건 매우 자연스러운 일이었다.

[주말인데 뭐 해요?]

잠들어 있던 애정의 휴대폰을 깨운 이의 이름은 강상민. 뭐, 여자일 수도 있다지만 어쨌든 남자라는 게 거의 확실한 이름이었다. 남의 여자가 주말에 뭐 하는지 궁금한 것이 당연한 일인가?

도훈은 바로 이해할 수 없음에 고개를 살짝 갸웃했다.

[여기 신사동에 유명한 수제 버거 맛집이래요.]

그러는 사이 꺼져 있던 화면이 또다시 번쩍였다.

"수제 버거 맛집?"

그런 걸 굳이 왜 알려 줘? 애정이 물어보기라도 했었나? 라고 생각하려던 찰나 그게 아님을 알려 주는 다음 말풍선이 이어서 도착했다.

[다음에 같이 먹으러 가 볼래요?]

애정에게서 답신이 바로 오지 않음에도 불구하고 메시지의 발신인은 곧바로 새로운 메시지를 작성해 애정에게로 보내왔다. 것도 참으로 의미심장하지 않을 수가 없었다. 구태여 찾은 수제 버거 맛집을 어째서 애정에게 함께 가자고 권유하는 건지.

"……."

이상함과 언짢은 기분이 동시에 뒤섞여 공존하는 느낌이었다.

[전에 수제 버거 좋아한다는 정보 듣고 한번 찾아낸 곳이에요. 인기가 많아서 SNS에서도 유명하고 후기도 다 좋아요.]

그리고 나서 연이어 도착하는 정신 사나운 이모티콘의 행렬. 잠금 화면에서 말풍선으로 보는 게 아닌 메시지 대화창으로 직접 들어가 보면 이리 움직이고, 저리 움직이고 난리도 아니겠지? 요즘은 소리 나는 것도 있던데.

"뭐 해?"

애정의 휴대폰 화면에 코라도 박을 기세로 그것만 뚫어져라 보고 있던 사이 잠시 자리를 비웠던 애정이 다시금 돌아왔다.

"아, 왔어?"

"응."

"너 수제 버거 좋아해?"

"수제 버거? 대뜸 수제 버거는 왜."

사과 맛 음료를 좋아하는 것 외에, 연한 커피를 마신다는 것 외에, 소주보다 맥주를 선호했지만 저로 인해 소주를 이제 더 마시게 되었다는 것 외에 또 느끼한 음식을 가끔 먹고 싶어 한다는 것 말고 제가 애정의 기호에 대해서 아는 게 뭐가 더 있을까. 아니, 모르고 있는 게 더 많겠지? 가령 수제 버거를 좋아한다는 것도 저는 처음 알게 된 사실이었다. 것도 이 달갑지 않은 누군가로 인해서.

"그냥 물어보는 거야. 좋아하는지, 안 좋아하는지."

"응, 나 그거 좋아해. 패티 엄청 두툼하고 육즙 살아 있고 그런

오픈 수제 버거. 한입에 속 재료들을 와앙 넣을 수 없지만 어쨌든 야금야금 썰어 가지고 합쳐서 먹는 맛이 쏠쏠해. 아보카도 슬라이스 추가하면 더 좋고."

그런 것들이 대체 어떤 조합인 거지? 오픈 수제 버거는 뭐고 또 아보카도 슬라이스를 추가한다는 것은 또 무엇인지.

제게서 의학 용어를 나열하는 것만큼이나 쉽고 간결하게 그와 동시에 빠르게 다다다 말하는 애정에 도훈이 잠시 멍한 표정을 했다.

"그렇게 빨리 말할 만큼 좋아하는 음식인데 왜 나한테는 그동안 한 번도 먹으러 가자는 말 안 했어?"

"오빠 그런 음식 별로 안 좋아하잖아."

"그래도 네가 좋아하잖아."

"빤히 불편한 표정으로 먹을 건데 뭐 하러. 둘 다 좋아하는 거 먹으면 되지."

별일 아니라는 듯 애정이 어깨를 한 번 으쓱하며 아직 다 비우지 못한 제 몫의 블루베리 음료를 쭉, 쭉 들이켰다.

"강상민이 누구야?"

"강상민? 아, 상민 씨."

"상민 씨?"

그저 이름일 뿐이었다. 다른 누군가에게 붙이는 ~씨. 그런데 어째서 이렇게 귀에 콕, 박히는 것일까. 도훈이 얕게 미간을 일그러뜨렸다. 게다가 누군지 기억해 내는 데에도 그리 오래 걸리지 않았다. 끽해야 1초 정도.

"어, 상민 씨."

또, 또.

"하여튼 누구냐고."

"아, 우리 사무실 인턴."

"인터언? 그런 걸 언제 뽑았어?"

도훈은 정말로 의아하다는 얼굴이었다. 제가 모르는 소식이 애정의 입에서 나온 탓일까? 반면 애정은 그런 도훈이 어이가 없기도 하고 조금 웃기기도 했다. 아니, 병원 채용 소식을 본인이 일일이 다 알고 있는 것도 아니요, 게다가 사무실 쪽 티오인데 그런 건 더더욱 알 리가 없지 않나.

"출근한 지 얼마 안 됐어. 한 한 달 반 정도 됐나?"

"한 달 반? 한 달 반씩이나 됐다고?"

"응."

그게 저렇게나 흥분하며 반응할 일인가?

"그럼 여태 한 달 반씩이나 매일 같은 사무실에서 얼굴 보고, 밥 먹고, 떠들고, 화기애애하게 지냈다는 거네. 이 강상민이라는 사람이랑."

수제 버거 좋아한다는 말까지 섞어 가면서?

"뭐가 그렇게 돼? 인턴이니까 이것저것 일 배우는 거지."

"그런데 수제 버거가 왜 나와? 일을 배우는데?"

"무슨 말을 하는 거야? 아까부터 수제 버거니, 뭐니. 아, 상민 씨는 오빠가 대체 어떻게 알고?"

"보려고 봤던 건 아니고 마침 메시지가 오니까."

"메시지?"

그렇게 물으며 애정은 그제야 테이블 위에 올려 둔 제 휴대폰을 앞으로 가지고 와 화면을 밝혔다. 빼곡하게 차 있는 말풍선들엔 도훈이 줄기차게 물어본 수제 버거와 상민의 연관 관계가 들어가 있었다.

"아. 연락 왔었구나."

"자주 와? 강상민?"

"음…… 글쎄. 자주는 아니고 간혹?"

"간혹? 병원에 있는 것도 아닌데 왜?"

궁금함이 폭발했다. 놓고 보면 아주 단순한 일이었다. 직장 동료이고 애정이 좋아한다는 음식이 있어서 맛집 같은 걸 알아보았을 테고……. 아니, 그런데 굳이 주말에 연락이 와서 그 좋아한다는 음식을 자기랑 먹으러 가자는 건 좀 이상하지 않나? 것도 이모티콘들을 저렇게 남발해 가면서?

"나야 모르지."

"그래?"

"응."

"답장은 언제 해?"

"오빠랑 있는데 굳이 지금 왜. 그리 급한 연락도 아닌 것 같고."

막상 애정은 그의 연락에 대해서 신경을 안 쓰는 듯 보였다. 뭐라고 왔는지 제대로 읽어 보지도 않은 것 같았고. 저물어 가는 날에 저녁은 뭘 먹을지에 대해서만 검색을 할 뿐 어느새 연락이 왔다는 사실조차 잊은 듯 보였다.

그런 애정의 옆에서 커피를 홀짝이며 대충 어, 그래. 여기 괜찮네. 어, 그래. 저기 괜찮네, 하며 고개를 끄덕이는 도훈의 신경만 오로지 그 인턴에게로 향해 있을 뿐이었다.

"볶음 쌀국수 어때? 거리도 별로 안 멀고."

"어? 어, 뭐."

"왜, 별로야?"

"아니, 아니. 괜찮은 것 같아. 그런데 수제 버거는 안 먹어도 돼?"

"무슨 또 수제 버거야. 어차피 좋아하지도 않을 거. 나 지금은 이거 먹고 싶어. 오빠도 쌀국수 좋아하잖아."

"어, 뭐, 그렇지."

좋아하지, 쌀국수.

"그럼 여기로 가자. 커피 다 마셨어?"

"어? 어."

"일어날까?"

"그래."

밥집은 널리고 널렸으므로 웨이팅이 걸려 있는 식당에서 기다리는 걸 죽어라 싫어하지만 이번엔 잠자코 30여분을 기다렸다. 기다리는 중간중간 애정이 다른 곳으로 가도 괜찮다며 이곳, 저곳 제안해 왔지만 솔직히 귀에 잘 들어오지 않았다. 볶음 쌀국수가 너무 먹고 싶은 탓은 아니었다. 단지 저에게 30여분을 인내할 수 있는 힘이 있었던 건 신경이 다른 데로 팔린 탓이었다.

"소스 좀 더 달라고 해야겠다. 오빠는?"

"어? 어, 나도."

"알았어. 이왕 부른 김에 짜조 먹은 접시는 좀 치워 달라고 해 야겠다."

"그러자."

비좁은 테이블에 이것저것 놓이는 것도 사실상 제 타입은 아닌데 이 집의 테이블은 유난히 좁았고 그릇들은 유난히 큼지막했다. 담겨 있는 양이 그리 많지도 않은데 뭐 이리 큰 그릇을 사용했담? 하지만 그것 또한 저의 짜증 지수를 표출하게 두지 않았다. 그야말로 여전히 신경이 다른 데 있었으므로.

"잘 먹었어? 아까 통 못 먹는 것 같던데."

"아니, 잘 먹었어. 너는?"

"나는 싹싹 다 비울 정도로 먹었지."

"너 잘 먹었으면 좋아, 난."

"와, 너무 배불러."

집으로 데려다주는 내내 여느 때처럼 재잘재잘거리는 애정의 말이 솔직히 귀에 잘 들어오지 않았다. 아직도 주말에 갑자기 연락이 왔던 그 인턴과 수제 버거 그리고 같이 먹자, 하는 것에 연결 고리가 이해가 되지 않는 탓이었다. 이걸 또 캐묻듯이 물어볼 수도 없고. 아니, 이게 어째서 이다지도 신경이 쓰이는 거지? 저로서는 이러한 기분과 느낌이 너무나 생소했으며 의문이었다.

강상민, 인턴, 수제 버거, 주말.

그냥 넘겨도 괜찮을까?

[점심 같이 먹어.]

[어떡하지? 오늘은 좀 힘들겠어.]

[왜, 나가서 먹어?]

[아니, 그건 아닌데 팀장님이 다 같이 식사하러 가자고 하셔서.]

[아, 그래 별수 없지.]

[응응. 오빠 맛있게 먹어.]

병원에서 점심을 같이 먹는다는 건 마주 보고 겸상을 하는 것이 아니라 구내식당에서 대충 서로의 얼굴을 볼 수 있는 위치에서 눈치껏 신호를 주고받을 수 있는 자리에 앉아 식사를 하는 것이었다. 주변의 눈치가 보이니 대놓고 함께 앉을 수도 없는 노릇이니 그랬다. 전체 회식 때 도훈이 그런 발언을 한 이후로 애정이 이런 쪽에 무척이나 신경을 쓰는 탓에 도훈도 그에 따를 수밖에 없었다.

그때 잠시 잠깐 제게도 질문 세례가 있었고 애정에게도 관련하여 궁금해하는 사람들이 종종 있긴 했지만 말 그대로 아주 잠시

뿐이었다. 연결 고리라는 게 같은 학교 출신인 것 이외에 없으니 사람들은 대충 넘어갔다. 설마하니 두 사람이 오래전 연인이었고 심지어 지금도 다시 연인이 되었다는 걸 알 사람은 없었으니 말이다.

[식당이야? 어디 앉아서 먹는데?]

[우리 이제 출발해. 오빠는 벌써 도착했어?]

[아니, 나도 이제 정리하고 내려갈 참이야. 그래, 맛있어 먹어.]

[응응.]

고작 구내식당에서 점심 한 번 먹는 것이었지만 나름 첩보 영화를 찍는 것처럼 쏠쏠한 재미가 있었는데 조금 아쉽긴 했다. 혼자나 두 사람이 아닌 동료 여럿과 함께라면 조금 힘들기도 하니까. 아쉬움을 감추며 도훈이 이만 구내식당으로 향했다.

"어? 심 선생!"

애정과 그렇게 눈치작전을 펼치며 먹는 것이 아닐 바에야 혼자 먹는 게 도훈으로선 너무나 편했다. 때문에 적당히 알아서 애정을 흘끔거릴 수 있는 자리가 어디가 있을까, 애정이 먼저 도착하진 않았나, 하는 것을 살피고 있던 차 동료 의사가 저에게 알은체를 하며 손을 흔들었다.

"아……."

조용히 먹기는 힘들겠다, 싶었다. 대충 근처에 앉아서 먹으려고 했지만 열심히 검지를 들어 본인의 앞자리를 열렬히 가리키는 탓에 그럴 수가 없었다. 도훈은 속으로 오만상을 일그러뜨리며 손을 흔든 동료 쪽으로 걸음을 옮겼다.

"와, 우리 이렇게 같이 밥 먹는 거 처음이지 않아?"

"아니, 한 두 번째 정도는 되지."

그때도 억지로 손 흔들어서 앉히는 바람에.

"진짜? 왜 이렇게 처음인 것 같지?"

"먹어. 시간 여유로운 것도 아닌데."

"응? 아, 그래야지."

이럴 바에야 차라리 빨리 먹고 일어나 버리자. 도훈은 서둘러 숟가락을 들었다. 그리고 그런 저의 뒤쪽으로 조금은 소란스런 인원이 단체로 식판을 들고 와서 자리를 어디로 잡을지 고민하는 소리가 들려왔다. 살짝 뒤를 돌아보니 때마침 애정과 그녀의 동료들이었다.

"!"

정확하게 안면이 있는 것도 아니고 사무실 직원의 인원이며 얼굴 생김새까지 어찌 다 제가 파악하고 있을까. 그럼에도 불구하고 새로운 얼굴이 있다는 게 이상하게 단번에 눈에 들어왔다. 카키색 셔츠를 입은 남자. 아직 직장 물을 덜 먹은 것 같은 상큼함이 밴 것 같은 그의 보송보송한 피부와 표정.

사람들과 함께여서 그런지 애정은 도훈 쪽을 못 본 듯하였다. 도훈은 그들이 앉은 배열을 뚫어져라 보았다. 좌측엔 전에 한 번 보았던 애정과 곧잘 식후 음료를 마시던 여자 동료. 우측은 그냥 통로, 그리고 앞쪽엔…… 앞쪽엔 바로 그 카키색 셔츠.

뛰어난 촉 따위 탑재하고 있지 않았지만 직감이 너무나 따끔하게 제게 알리고 있었다. 애정의 앞을 차지한 저 남자가 바로 그 인턴, 강상민이라고.

"아, 잘 안 보여."

그리고 힘들어.

굳이 염탐을 할 필요가 없었지만 이상하게 염탐할 필요성을 느꼈다. 때문에 자꾸 몸을 반쯤 돌려 저만치 뒤쪽을 보려고 하니 여간 불편한 게 아니었다. 그렇다고 아예 몸을 틀어서 대놓고 볼 수도 없고 이거 참.

"안 먹고 왜 그러고 있어?"

아차. 반대편에 앉으면 되지.

"우 선생."

"어, 왜?"

"미안한데 자리 좀 바꿔 줘."

"자리? 갑자기 왜?"

"오늘은 그쪽에서 먹어야 하는 날이라서."

"어?"

이건 또 무슨 말 같잖은 소리지? 하겠지만 도훈으로선 매우 진지했다.

"한동안 계속 이쪽 방향에서 먹었거든."

"아……."

그걸 또 '아' 씩이나 반응하며 공감할 문제는 아니었지만 농담 같지 않은 도훈 덕에 그의 동료도 짐짓 심각한 표정을 하고 자리에서 일어나 엉겁결에 반대 방향으로 앉게 되었다.

"어때, 괜찮아?"

"응. 훨씬 낫네, 잘 보이고."

"어? 뭐가 잘 보여?"

"아, 햇살이."

"햇살?"

햇살은 오히려 제 쪽으로 쏟아지는데 무슨 소리지? 어리둥절해하는 동료였지만 그런 그의 반응 하나, 하나 신경 쓸 것이 못 되었다. 자리를 바꿔 앉으니 훨씬 보기가 편했다. 비록 제 쪽에서 애정의 뒷모습이 보였지만 누군가의 앞모습이 확실하게 보이니 억지로라도 바꿔 앉길 잘했다는 생각이 들었다.

뭘 저렇게 웃지? 별로 즐거운 상황도 아닌 것 같은데.

하하 호호 여유롭게 담소나 나누면서 식사를 하는 분위기는 아닌데 같이 앉은 다른 동료들과 비교가 될 정도로 카키색의 표정은 너무나 환했다. 특히나 그는 꼭 본인 앞에 앉은 애정을 너무 많이 흘끔거리는 것 같기도 했다.

"……."

밥 따로, 국 따로, 반찬 따로. 조합이라고는 찾아볼 수 없을 만큼 그저 손이 가는 것을 입에 넣으며 도훈은 저쪽 상황을 예의 주시하고 있는 중이었다.

"아직 덜 비웠네, 심 선생. 천천히 먹어. 기다릴게. 이따가 가는 길에 커피 한잔할까?"

도훈이 그렇게 다른 곳으로 시선을 두는 사이 제 몫을 성실하게 다 먹은 동료 의사가 사람 좋은 웃음을 지으며 후식 커피를 권했지만 그게 제대로 귀에 들어올 리 없는 도훈이었다.

"카키."

"어? 카키?"

급기야 젓가락을 들어 방향을 콕, 하고 가리켰다. 때문에 맞은편에 앉았던 동료가 등을 돌려 도훈의 젓가락이 향하는 방향으로 시선을 옮겼다.

"아, 카키."

금세 도훈이 가리킨 누군가를 발견한 동료가 고개를 끄덕였다. 저기 훤칠하고 잘생긴 남자 말하는 건가 봐.

"좀 별로라서."

"어? 아는 사람이야?"

"아니, 그건 아니고. 그냥 좀 칙칙해. 셔츠 색도 칙칙하고."

"그래? 내가 보기엔 아주 잘생기고 화사한 것 같은데. 덕분에 저기 같이 먹는 식사 분위기도 좀 사는 것 같고."

"……그런가."

아주 잘생기고 화사한 축에 속하는가, 저런 얼굴이?

"물론 우리 도경에서 심도훈 선생 따라올 사람은 없지. 내가 웬만해서 남자 잘생기고 멋진 거 인정 안 하는데 딱 심 선생은 보자마자 인정했다는 거 아냐. 진짜야. 다른 사람들 붙잡고 물어봐.

내가 다른 사람 막 잘생겼다고 한 사람이 있었나."

별로 이런 것에 미련 두고 그런 사람이 아닌 것 같은데 저쪽에 앉은 사람이 괜찮다는 의견을 내자 도훈이 왠지 기분이 언짢아 보였다. 그래서 동료는 제 딴에 수습이랍시고 도훈의 앞에 양 엄지를 치켜올리며 그를 칭찬했지만 도훈의 표정은 조금도 나아지지 않았다.

"……."

하지만 그러거나 말거나 도훈은 저 얼굴이 남들이 보기에도 괜찮은 얼굴이며 그 얼굴이 애정에게로 향해 있다는 것에만 집중을 했다. 아니, 밥을 먹으러 내려왔으면 밥이나 먹을 것이지 뭐 때문에 저렇게 빈도수를 올려 가며 애정을 쳐다보는 걸까? 그렇다고 딱히 애정의 머리가 오로지 그에게로만 향해 있는 것도 아닌 것 같은데.

"뭐야, 심 선생. 이런 거에 연연하는 타입이었어? 어?"

"식사 한참 전에 끝난 거 아니었어?"

"응? 아, 뭐 그렇긴 하지. 아, 근데 천천히 먹어. 재촉하고 그럴 생각 없어. 심 선생이 나보다 더 늦게 내려오기도 했고."

"먼저 가. 후식 커피도 먼저 가서 마시고."

"왜? 기다릴 수 있는데?"

"그냥 좀 조용히 천천히 마저 먹고 싶어서."

"아, 왜 그래."

"아니, 진짜로. 완전 진지하게 부탁하는 거야. 좀 조용히 천천히 마저 식사 끝내고 싶은데. 그래도 될까?"

사람이 그렇게 안 봤는데. 은근히 속 좁은 구석이 있는 건가? 고작 저쪽에 대고 잘생겼다고 한마디 했다고?

괜히 무안해진 동료가 하는 수 없이 수저와 식판 정리를 하며 자리에서 일어났다. 좀 더 앉아 있어 봐야 이미 토라짐이 잔뜩 오른 저 얼굴을 풀어 줄 수 없을 것 같아서였다.

"그, 그래. 그럼. 먼저 갈게."

쭈뼛쭈뼛거리는 걸음이었지만 어쨌든 제 바로 앞 시야에서 온전히 사라진 동료 덕택에 제 눈에선 이제 강상민으로 완벽 추정되는 카키색 티셔츠를 입은 남자가 너무나 또렷하게 잘 보였다. 그의 표정 또한 아까보다 더더욱.

"허!"

아주 싱글벙글이네? 것도 하필 애정을 볼 때에만 유독.

"어어? 저건 미친 거 아니야?"

그러던 와중이었다. 애정이 먹다가 입가에 무엇을 흘리기라도 했는지 곧장 티슈 통에서 티슈를 탁, 탁 뽑아서 내미는 과도한 액션에 도훈이 기가 찬 듯한 표정을 했다. 아예 닦아 줄 기세였지만 다행히 중간에서 애정이 그걸 받아 혼자 처리하는 것 같아 보였다.

"와……."

아니, 왜? 왜 저렇게 애정에게만 집중하는 것 같지? 대체, 왜?

결국 제 식사는 이미 다 마쳤음에도 불구하고 홍보팀 식구가 점심을 다 먹고 일어날 때까지 도훈도 자리를 지키고 있었다. 식판 정리를 한 애정이 그제야 도훈 있는 쪽을 보며 주위를 살피다 눈짓을 했지만 웬일인지 곧바로 좋은 표정이 나오지 않았다. 더 정확히는 그녀의 바로 뒤에 서 있는 문제의 카키색 셔츠 때문이었다.

"아까 점심때 무슨 안 좋은 일 있었어?"

"아니, 딱히. 왜?"

"내가 눈으로 인사했는데 못 본 거야, 아니면 안 본 척한 거야?"

"아."

오늘도 하루 일과를 마치고 버스 정류장 앞까지 나와 도훈의 차에 올라타 함께 퇴근하는 두 사람이었다. 애정은 점심때 그를 발견하고 인사를 한 일이 떠올라 물었지만 왠지 도훈 쪽에서 나오는 반응이 시큰둥했다.

"아?"

그게 끝이야?

"너 그날 답장 뭐라고 했어?"

"답장? 누구?"

"수제 버거 먹으러 가자던 사람."

"아, 상민 씨."

또, 또. 그놈의 상민 씨! 씨! 씨! 이게 뭐라고 이렇게 거슬리는 거지? 운전대를 잡은 손에 힘이 더 꽉 들어갔다.

"언뜻 보니까 같이 먹으러 가자니, 뭐니 하던데."

"응, 맞아. 뭐, 친해지고 싶은가 봐. 내가 또 선배고 하니까."

"아직 인턴이라며. 정직원으로 바로 전환된다는 보장 있어? 인턴 하면 뭐 얼마나 한다고 친해지고 말고야."

"우리 인턴 하면 웬만큼 이상하지 않고서야 거의 백 프로 전환이야."

"뭐라고?"

생각하지 못한 부분이었다. 그러니까 이 말인즉, 인턴 기간이 종료되면 정직원으로 전환이 될 테고 그러면 누가 먼저 부서를 옮기거나 퇴사를 하지 않는 한 계속해서 한 사무실에서 같이 있다는 뜻이었다. 제법 놀란 도훈이 눈을 부라리며 애정 쪽을 보았다.

"그런 게 어디 있어?"

"그런 게 어디 있냐니. 회사마다 내규가 다르니까 뭐, 다른 곳은 칠팔십 프로 이렇기도 하다만 우리는 거의 전부야."

"……."

"아니, 왜 갑자기 이런 데 관심이 생겨? 업종 바꾸고 싶은 거야?"

애정은 진심으로 의아한 모양이었다. 평상시에 관심도 없던 부분을 이렇게 물어보니 의아할 수밖에.

애정의 질문에 곧장 답을 하지 않고 가만히 운전만 하던 도훈이 갓길에 잠깐 차를 세웠다. 그러고서는 대뜸 애정에게 손을 내밀었다.

"왜, 뭐야? 왜 세우는 건데?"

그리고 이 손은 또 뭐고?

"휴대폰 좀 줘 봐, 네 거."

"휴대폰?"

고개를 한 번 갸웃한 애정이 이내 가방 안에 있던 제 휴대폰을 꺼내어 도훈의 손 위로 얹어 주었다.

"잠금 같은 거 걸려 있어?"

"응, 지문."

"그럼 해제까지 좀 해서 줘 봐."

"왜 그러는데?"

답지 않게 휴대폰 검사라도 할 태세로.

하지만 그렇다고 해서 뭐 숨기거나 찔리거나 하는 게 없었으므로 애정은 순순히 잠금까지 해제해서 다시금 도훈에게로 그것을 줬다. 그러자 도훈이 곧바로 메신저 어플을 켜 애정의 대화 목록을 쭉, 훑어보았다.

"······강상민."

아니, 쭈욱 훑어볼 것도 사실 없었다. 최근에 온 시간순으로 대화방이 나열되어 있었기에 최근까지도 메시지가 온 그 궁극의 목적인 강상민 씨와의 대화창이 당연 상단에 떡하니 있었기 때문이었다.

도훈은 망설일 것 없이 대화창을 열어 보았다.

"와."

[정 대리님, 뭐 하세요?]

[대리님, 오늘 아침 기온이 조금 올랐어요. 가볍게 입어도 될 깃 같아요.]

화면 위로 스크롤을 올려 보니 거의 하루도 빠짐없이 애정에게 메시지를 보낸 그였다. 아침이면 아침에 잘 일어났냐, 출근은 잘 하고 있느냐, 업무 중이면 잘돼 가고 있느냐는 등, 점심 다가오면 뭘 먹을 것이냐, 병원 근처 지리를 잘 몰라서 그러니 같이 먹자, 좋아하는 음식, 영화, 아주 물어보지 않은 게 없을 정도로 숱하게 쏟아져 있는 말풍선과 중간중간 대화가 심심하지 않도록 만들어 주는 이모티콘들.

"대체…… 이 강상민이라는 사람 뭐 하는 사람이야?"

화가 치밀어 올랐다. 무엇 때문인지 꼬집어서 얘기할 수 없지만 당장 손바닥에 열이 나고 땀도 나고 온몸이 부들부들 떨리는 기분을 주체할 수가 없었다.

"말했잖아, 인턴이라고."

"아니, 인턴이면? 어? 무슨 질문 종류가 업무적인 건 단 하나도 없고."

"그런 건 사내 메신저로 물어봐, 업무 시간에."

"……뭐?"

지금 그걸 말이라고…….

그리고 이건 또 뭐야?

"핸드크림 향이 정말 좋아요. 정 대리님한테는 항상 좋은 향기가 나는 것 같아요?"

"아, 내 자리에서 핸드크림 한 번 빌린 적 있었어. 그거 말하는 걸 거야."

별거 아니라는 듯, 그게 뭐 어때, 라는 듯 답을 하는 애정의 반응 또한 도훈의 화에 기름을 붓는 것만 같았다.

"이 사람이 네 근처 주위 빙빙 돌면서 코 킁킁거리면서 향을 맡고 좋은 향기가 나는 것 같아요, 하는데 너 이거 괜찮다고 생각해?"

도훈은 부러 코 평수를 넓혀 과하게 냄새를 맡는 시늉을 해 보였다.

"뭘 또 그렇게 과장을 해. 진짜 핸드크림 한 번 빌려 준 것 가지고."

"……뭐?"

"그냥 립서비스 비슷한 거겠지."

"이 사람이 너 문 잡아 준다거나 높이 있는 서류든 뭐든 하여튼 손 안 닿는 거 꺼내 준다거나 너 막 앞 잘 안 보고 다녀서 넘어지려고 하는 거 잡아 주면 어떡할래?"

"도와주는 거라고 생각하겠지."

"그게 어떻게 도와주는 거야."

"아니, 도와주는 게 아니면 뭔데? 오빠도 똑같이 그랬었잖아.

기억 안 나? 그래서 내가 오빠한테 뿅, 하고 빠진 거고."

"그러니까!"

"그러니까는 뭐가 그러니까, 인 건데."

대체 어느 부분에서 이렇게 뿔이 난 거지? 난데없이 남의 휴대폰을 가져가서 대화창 한번 열어 보더니 여태 이런 식이었다. 애정은 도무지 이해할 수 없다는 듯 도훈을 보았지만 그는 오히려 애정이 더 답답하다는 눈치였다.

"너 그런 거에 반하잖아. 이 사람이 작정하고 그렇게 나오면 네가 아무렇지 않을 수 있느냐고 묻는 거잖아."

"아니, 무슨……. 오빠 말은 그럼 내가 누구나 그렇게 쉽게 반하고 막 마음이 이리로 옮겨 갔다, 저리로 옮겨 갔다 그런 사람이라는 거야? 심지어 이렇게 오빠를 만나고 있는 와중에?"

"그런 게 아니라. 지금 이 사람이 이상하잖아."

"이상하다니, 대체 뭐가?"

"왜 이렇게 자주 너한테 연락을 하느냐고. 시도 때도 없잖아. 아침에 눈 떠서 밤에 잠들 때까지 연락을 쏟아붓는데, 아주."

것도 이렇게 정신 사나운 이모티콘들도 섞어 가면서!

"그냥 원래 이런 사람인가 보지. 원래 이렇게 사람들한테 연락도 하고 다정하게 굴고 그런가 보지."

"이 사람 너 남자 친구 있다는 거 알아, 몰라."

"몰라."

"……무, 뭐?"

도훈은 설마 제가 지금 뭔가를 잘못 들었다고 생각했다. 아니, 그랬어야 마땅했다.

"모른다고. 우리 팀 사람들 나 남자 친구 있는 거 몰라."

"……모, 몰라? 모른다고? 그러면 없는 걸로 알고 있다, 뭐 이런 거야?"

"응. 오빠도 그렇잖아, 아니야?"

그러니까 정리를 하자면 이런 식으로 시도 때도 없이 연락을 한다는 게 남자 친구가 없다는 걸 알고서 한다는 뜻이었고 그렇기 때문에 사람을 뚫어 버릴 것 같은 이상한 눈으로 마주 앉아 밥을 먹었던 거고 애정이 좋아하는 음식점을 찾아내 같이 가자고 했던…… 뭐 이런 식의 흐름이 되는 건가? 한 번 더 종합을 해 보자면…….

"너한테 관심 있는 거 아니야?"

그래. 정애정한테 관심이 없고서야.

"무슨. 대체 뭘 보고?"

"이걸 보고도 그런 말이 나와?"

도훈은 애정의 앞으로 그의 말풍선이 빼곡한 휴대폰 화면을 흔들어 보였다.

"그러니까 이게 왜."

"이게 왜? 이게 왜? 넌 그리고 이런 것에 왜 이렇게 일일이 친절하게 답을 해 주는 건데, 어? 이렇게 답을 해 주니까 자꾸 답장이 오고 또 대화가 이어지고 계속해서 끊어지지 않고 서로 연락을 주고받는 거잖아, 지그음!"

"아니, 그럼 매일 사무실에서 마주치는 사람에다가 심지어 이제 갓 들어온 새내기인데 내가 홀대라도 하라는 거야, 뭐야? 게다가 내가 연락하라고 부추겼어, 어? 내가 이 사람한테 막 저기요, 제발 저한테 연락 좀 계속해 주세요, 이러기라도 했어?"

이 답답이. 연알못인 저도 이게 뭔지 이제 제대로 알 것 같은데 아직도 못 알아차린다, 이거지!

"이 자식이 지금 너한테 관심 있다고! 모르겠어? 어? 그리고 내가 아까 너, 식당에서도 다 봤어. 바로 앞에 앉아 가지고. 아니다…… 와, 같이 밖에서 식사할 때마다 그러면 마주 보고 앉았어? 너 그냥 동료랑 밥 먹으러 나간다고 했을 때에 그 동료가 이 자식이었을 수도 있다는 거네? 단둘이? 어? 단둘이 밥 먹고, 같이 커피까지 사서 하하 호호 웃으면서 병원 같이 들어오고?"

무엇에 이렇게 흥분을 해서 다다다 쏘아붙이듯이 아니, 거의 따지듯이 말한 적이 있었던가? 애정은 참 요 근래에 도훈으로부터 여러 가지 모습을 보게 되는 것만 같았다. 그렇게 평온과 평정을 잘 유지하는 사람이 고작 이 인턴 연락 하나에 이렇게까지 흥분을 해서 말을 하다니. 참 오래 살…… 아니, 오래 만나고 볼 일이었다.

"잠깐만. 상민 씨가 뭘 어쨌다는 거야."

"그 상민 씨, 상민 씨, 하는 것도 마음에 안 들어, 나는!"

"그러면 이름이 상민인데 뭐라고 그래."

"답장 같은 거 해 주지 마."

"뭐?"

"나 수제 버거 좋아해. 그 맛집 나랑 가면 되겠네. 이 자식 말고."

"하루아침에 오빠가 뭐 갑자기 수제 버거를 좋아해."

말이 되는 소리를 해. 그냥 햄버거도 잘 안 먹는 사람이.

"좋아한다니까? 네가 나 먹는 거 봤어?"

"못 봤지."

"거봐. 보지도 않아 놓고서."

헛웃음이 나왔다. 세상에 이젠 하다못해 억지를 부리기까지? 대체 상민 씨가 뭐기에.

"그러니까 오빠는 상민 씨가 나한테 관심이 있어서 이렇게 연락을 하는 것 같으니까 신경 안 쓰이게 해 달라, 뭐 이런 거 아니야? 연락을 아예 무시하진 못해. 오빠 말마따나 만나자, 이런 건 그래…… 사석에서 보는 건 좀…… 하여튼 단둘이 있는 자리는 만들지 않을게. 대신 꼬박꼬박 답을 한다거나 하진 않는 걸로. 그러면 돼?"

"아예 차단할 순 없어?"

메신저에 그런 기능 있잖아.

"무슨 소리야. 회사 사람들끼리 하는 단체 채팅방도 있는데 어떻게 딱 이 사람만 차단을 해. 그리고 밖에 있을 때 중요한 연락 오거나 하면 어쩌라고."

"……."

아예 들어 옮겨 버리고 싶었다. 살면서 이렇게까지 뭔가에 제 마음이 들끓은 적이 있었나 모르겠다. 도훈은 저조차도 저의 반응이 쉬이 받아들이기가 어려웠다. 심장이 막 분노로 두근거리고 그 사람 얼굴이 떠오르는데 진짜 다짜고짜 가서 화라도 내고 싶을 지경이었다. 네가 뭔데 남의 여자한테 연락하고 따로 만나자는 식으로 말을 하냐고, 하면서.

"이제 진정 좀 해. 오빠 말 무슨 말인지 알겠으니까. 이런 적이 없어서 심하게 당황스럽고 낯설긴 하지만."

"너도 진짜 너무 경계 없는 거 아니야? 아니면 여태 이런 식으로 연락 왔던 사람 또 있었어? 나랑 사귀던 중에?"

"음…… 이런 식? 이렇게 막 하루 종일 안부 묻고 나한테 가끔 기프티콘도 보내고 했던 그런 거 말하는 거야?"

"왜 그렇게 예가 쓸데없이 구체적이야? 그 말은 있었단 말이야?"

"조교 할 때 학생 몇 명 있었지. 그래 봐야 심도훈 쫓아가려면 한참이지. 오빠는 거의 뭐 과장 좀 보태서 한 트럭 아니었어? 나는 꾁해야 한두 명이 전분데."

"한두 명? 한두 명씩이나 있었단 말이야?"

아니, 계산은 오히려 의대씩이나 나온 도훈이 저보다 더 정확하지 않을까. 한 트럭과 한두 명을 비교하는데 어째서 한두 명이 한두 명 '씩'이나 되어 꼭 한 트럭이나 되는 수를 이기는 것처럼 들리게 하는 것일까. 채근하는 것처럼 묻는 도훈에 애정은 잠깐 멍해졌다.

"아니, 오빠. 그러니까 내 경우는……."

"와, 여태 내가 너무 모르고 있었구나."

"응?"

"너무 안일했어. 내 것만 챙긴다고. 그런 연락들이 오가는 줄 몰랐었어."

"아니, 오빠. 일단 내 말을……."

"그래서 이 사람이 이렇게 나오는 것도 어쩌면 너한텐 익숙했을 수 있겠다. 다른 때에도 있던 일이라서."

"대체 그게 어떻게 익숙한……."

"앞으로 공적인 관계는 공적인 장소에서만 해. 퇴근하고 나서 이렇게 따로 둘이 연락 주고받거나 하지 말고. 일적으로 연락해야 하는 건 어쩔 수 없고 나도 거기까진 뭐라고 하지 않을게. 근데 그 외에 사적인 얘기가 오가고 또 단둘이 사석에서 보는 약속이 라든지 이런 건 없었으면 해."

도훈에게로 숱하게 쏟아졌던 선물들과 여자들의 시선, 인기들 로부터 저는 이제야 조금 괜찮아졌는데 도훈은 이 한 명이 그렇 게도 거슬리는 모양이었다. 이름하야 질투라는 걸 하고 있는 모양 일까? 짐짓 으름장을 놓는 표정으로 말을 늘어놓는 도훈에 애정 이 눈을 깜빡였다.

"오빠."

"왜."

"지금 질투하는 거야?"

"질투? 참내. 내가 질투 같은 걸 할 리가. 그냥 거슬리는 거야, 신경이 쓰이고, 마음에 안 들고. 이름만 들어도 짜증 나고. 뭐, 이 정도인 거지 질투까진 아니야."

그러니까 그 모든 것들이 질투로 인해서 일어나는 게 아닌가?

"알았어, 그럼. 앞으로 내가 조심할게. 오빠 신경 안 쓰이도록."

"일단 그 대화창부터 나가."

촤르르 펼쳐지는 말풍선 같은 거 아예 안 보이게.

애정은 고개를 끄덕이며 곧바로 나가기를 눌렀다.

"됐지?"

"뭐…… 그래, 일단은."

"세상에 심도훈이 질투도 다 하고. 정말 오래 만나고 볼 일이야. 옛날 같았으면 상상조차 못 할 일인데."

"질투 아니래도 그러네."

참내, 사람을 뭐로 보고.

그래, 질투가 아닌 줄만 알았다. 질투라는 건 제 사전에 없었으며 그런 감정이 대체 무엇으로 기인하는 것인지도 사실은 의문인 나날이었다. 그런데 일단 한번 거슬리다 보니 신경이 쓰이다 못해 아주 활활 탈 지경이었다. 열불이 나고 계속해서 생각이 나고 어

쩌다 짜증이 나고 그러다가 또 시무룩해지고 하는 것이 질투라는
감정일까?

"안녕하세요."

"네, 안녕하세요."

마주칠 일이 없을 줄 알았다. 끽해야 구내식당이나 진짜 잘해
야 중앙 에스컬레이터 정도? 그런데 이렇게 주차장에서 함께 올
라가고 있으니 기분이 이상했다. 수제 버거의 그 인턴을 바로 옆
에서 보고 있으니 말이었다.

"심 선생님을 드디어 이렇게 가까이서 뵙게 되네요."

"네?"

"하도 명의라고 하셔서 예약 환자들도 제일 많다면서요."

"아."

"그리고 인물도 출중하시고. 와, 멋있으세요. 정말."

입에 발린 말이라지만 어쨌든 칭찬이었고 호의가 가득 들어 있
음에도 불구하고 마음에 차지 않았다. 그럼에 도훈은 그저 고개만
까딱 한 번 숙였다.

"아, 전 여기서 내려야겠네요."

사무실이 있는 층까지 올라가지 않고 병원 내 커피숍이 있는
층에서 내리는 그였다. 왜 하필 여기서? 그에 도훈이 저도 모르게
반쯤 그를 막다시피 섰다.

"왜요, 홍보팀 사무실은 좀 더 가야 하는데?"

"아, 커피 좀 사서 가려고요."

"마침 저도 커피 좀 사서 가려던 참인데."

"그러세요? 그런데 층수는 왜……."

"이제 막 생각이 났어요. 그럼 같이 내리실까요?"

애정의 것 또한 사서 가느냐, 그렇지 않느냐, 하는 것이 알고 싶었다. 지금 당장 제가 커피가 당기거나 하는 건 전혀 아니었다. 도훈은 카페로 가는 내내 그의 뒤통수가 따가울 정도로 노려보았다. 왜 하필 키도 훤칠하게 크고 인상도 좋고 목소리도 좋은 거지? 넉살도 좋은 것 같고. 정말 마음에 안 들게.

"주문 도와드릴까요?"

인턴은 도훈에게 먼저 하라는 듯 손을 내밀었지만 오히려 도훈이 고개를 내저었다. 아니에요, 제가 나중에 할게요.

"저, 아이스모카 하나랑요. 얼그레이 티 따뜻한 거 하나 캐리어에 담아 주세요."

아이스모카, 얼그레이 티, 모두 애정의 취향이 아니었다. 하지만 그럼에도 만에 하나라는 게 있으니.

"두 잔 사 가시네요?"

"아, 네. 아이스모카는 저 마시고요. 차장님이 방금 연락 오셔서 얼그레이 하나 사다 달라고 해서요."

"아."

다행이네, 애정의 것은 없고.

"아, 시간이 벌써."

"네?"

"저는 나중에 와서 마셔야겠네요. 오늘 오전 예약 환자가 많아서 차트도 미리 봐 둬야 해서요."

"아, 그러시군요. 네, 그러면 먼저 올라가세요."

"네, 그럼."

구태여 커피를 사겠다고 따라 내려놓고 남이 주문하는 것 또한 실컷 기다리기만 하다가 이제야 시간이 없다며 올라가는 도훈이 이상할 만도 했지만 인턴은 크게 신경 쓰는 것 같지 않았다. 도훈만이 속으로 나름 미션을 완수했다 생각하며 상큼하게 엘리베이터를 탈 뿐이었다. 그러고서 애정에게 메시지를 하나 보냈다.

[너 앞으로 마실 거 필요하거나 하면 바로 나한테 말해. 다른 사람 시키지 말고.]

에필로그 2

— 왜 연락이 곧장 안 돼?

잔뜩 화가 난 듯 아니, 화를 억누르는 듯한 목소리가 수화기 너머로 들려왔다. 애정이 조금 이해할 수 없다는 듯 인상을 구기며 전화를 받았다.

"무슨 소리야, 그게."

— 그렇잖아, 지금. 세 시간째 메신저 확인도 안 하고, 아까 전화도 제대로 안 받고, 어?

"내가 휴대폰만 들여다보고 있는 사람도 아니고, 일하다 보면 그 정도 늦어질 수 있잖아. 오빠 수술 들어갈 때 휴대폰 봐? 어? 진료할 때 휴대폰 끼고 있느냐고. 환자랑 얘기하는데 전화 받아?

어? 아니잖아."

당연한 거 아닌가? 이 당연한 걸 왜 이렇게 열정적으로 예를 들어 가면서 설명을 하고 있어야 하는 건지 모르겠다. 애정은 휴게실로 들어와 주변 사람들의 눈치를 살폈다. 혹여 상대가 도훈이라는 걸 눈치채면 안 되니까. 안 그래도 이상형이니 뭐니 떠들어대는 바람에 한동안 고초를 겪었는데 사귄다는 것까지 알게 되면어우, 어디 갈 때마다 시선 세례를 받을 게 뻔했다.

여기까지 생각이 닿은 애정은 지레 고개를 절레절레 저었다.

— 그러면 일이 바쁘다고 간단하게라도 말을 해 놓든가. 그리 어려운 게 아닌데 왜 이렇게 어렵게 만들어?

"아니, 왜 그래, 대체? 캐릭터 너무 이렇게 변하면 곤란하잖아."

얼마 전 인턴에게 한 질투 이후로 어째 점점 더 심해지는 것 같기도 하고.

— 하고 싶은 대로 하는 거야, 하고 싶은 대로. 너야말로 왜 이러는데, 대체? 나한테 복수하는 거야? 내가, 어? 옛날에 답 늦게하고, 전화 바로바로 확인 안 하고 그랬다고?

아, 피곤해.

애정은 나올 때 같이 들고 온 녹차로 입 안을 한 모금 축이며 푸석한 제 얼굴을 한 번 쓸어내렸다.

"나 그렇게 유치한 사람 아니야."

— 그것도 아니면 전화 받자마자 설명을 좀 해 주든가. 일 때

문에 바빴다고, 얘기를 해 주면 되잖아. 그게 어려운 거야, 어?

"……그래, 미안. 내가 다음부터는 꼭 미리 말해 둘게."

그냥 져 주는 것이 편했다. 이러니, 저러니 말을 주고받을수록 어차피 제가 말로는 도훈을 이길 수가 없기 때문이었다. 그리고 상황 또한 더 길게 끌고 가고 싶지 않은 탓도 있었고.

— 꼭이다, 너.

"……응, 꼭."

그래, 그래, 꼭.

— 알았어. 저녁은 뭐 먹을래?

져 주니 저쪽에서도 져 주는 보람이 있게끔 살짝 누그러진 목소리가 들려왔다. 그러나 덧붙여 오는 질문이 조금 당혹스러웠다. 저녁은 뭐 먹을래, 라니.

"무슨 소리야."

— 무슨 소리냐니?

"저녁을 왜 오빠랑 먹어."

도훈과 다시 연애를 시작할 땐 어쩌면 도훈이 변할 수도 있을 거라 여겼다. 그야 당연히 옛날처럼 말이다. 옛날에 그랬던 것처럼 소홀해지고, 당연해지고 언젠가 또 저를 귀찮아하고, 모든 우선순위는 본인 위주로 맞춰 두고 그렇게.

하지만 좀 다른 식으로 변해 버렸다. 아무래도 제가 언급했던 '이제는 나만 바라보고 나만 걱정하는 그런 사람이랑 연애할 거야. 종일 뭐 했는지 나를 궁금해하는 그런 사람'이라는 것에 상당히 꽂혀 있는 듯했다. 그런데 뭘 이렇게까지⋯⋯.

뭐, 싫지 않긴 한데.

— 당연히 나랑 먹어야지. 여태 나랑 먹어 왔잖아.

정도가 좀 과하기도 한 것 같고.

"내가 뭐 매일 오빠만 보는 것도 아니고. 지인도 있고 한데⋯⋯."

— 누군데? 너 설마⋯⋯.

"아, 아니야."

— 내가 누구 말하는 줄 알고?

"인턴."

— 아니야?

"아니야. 연락도 거의 안 하잖아. 매번 확인하면서 그런다."

— 매번 확인해도 불안해서.

"그 인턴 말고 동기가 근처에 맛있는 곳 생겼다고 먹어 보고 싶다고 하기에."

— 남자?

"여자야. 유미 씨라고 나랑 친한 동기야."

그리고 안면도 있을 것이었다. 보통 구내식당에서 밥을 먹는다고 하면 거의 유미와 함께였던 저였으니 말이다.

— 넌 왜 나한테 언급도 안 하고.

"지금 얘기하잖아."

— 언제 그 말이 나왔는데?

"오늘 점심쯤?"

— 하, 오늘 점심에?

점심쯤 약속을 잡았다는 것도 불만인데 건너편에서 들려오는 목소리가 조금은 황당하다는 투였다.

"응, 왜?"

— 나랑 먼저 상의를 했어야지.

"왜 상의를 하는데?"

— 당연히 저녁은 나랑 같이 하니까. 오늘은 이런 이유로 저녁 같이 못 먹을 것 같은데 괜찮냐고 물어봤어야지.

우리가 언제 이런 걸로 상의 같은 걸 해 본 적이나 있었나? 그런 적이 있었으면 진즉 그렇게 했겠지.

"……."

— 그 정도도 생각 못 했어?

"아니…… 후우, 오빠."

— 예약 환자 있어. 끊어야겠다.

"오, 오빠?"

전화는 멋대로 끊겼다. 물론 도훈 쪽에서 일방적으로 전화를 끊었던 일이 전에 연애를 할 땐 거의 대다수였지만 경우가 달랐다. 그냥 제 용건을 말할 차례인데 제 할 말이 끝나서 끊었던 때와 그냥 본인 용건만 간단히 전달하고 제 대답은 듣지도 않고 끊었던 게 주를 이루었다면 지금은 본인이 듣기 싫으니까, 본인이 더 이상 기분이 아니니까 끊어 버리는 것이었다.

애정은 이미 끊겨진 통화 화면을 보며 와, 하는 숨을 터뜨렸다.

"사람이 어쩜…….."

이럴 수가 있지? 것도 천하의 심도훈이?

[미안해, 오빠. 저녁 같이 못 먹어서.]

읽지 않음.

[갈비찜 먹으러 왔어. 맛있으면 다음에 같이 와 보자.]

읽지 않음.

[운전 조심해서 퇴근 잘 했어? 미안해, 다음에는 상의하고 약속 잡든지 할게.]

읽지 않음.

[오빠, 기분 많이 상했어? 왜 연락 확인도 안 하고.]

읽지 않음.

퇴근을 해서 유미와 저녁 식사를 하고 다시 집으로 들어가는 내내 대화창은 제가 보낸 메시지만 쌓여 있을 뿐 도훈에게서 돌아오는 답은 없었다. 전화를 몇 통이나 해 보아도 금세 음성 사서함으로 넘어가기 일쑤였다.

[전화도 안 받고…… 나 이제 집 다 왔어.]

"뭐야, 정말 단단히 삐진 건가?"

에이, 설마. 삐지다니. 그런 표현 자체가 심도훈과는 어울리지 않는 것 같은데.

혹여나 답신이 올까 휴대폰만 뚫어져라 바라보면서 걸었지만 좀처럼 도훈에게서 오는 연락은 없었다.

"아······."

진짜 내가 실수한 건가.

괜히 마음 한편이 찜찜하고 복잡해졌다. 다시금 무어라 메시지를 보내기 위해 휴대폰을 고쳐 쥐려던 찰나 저벅저벅 제 앞으로 누군가 걸어와 크게 그늘이 지게 하는 바람에 하는 수 없이 고개를 들어 앞을 보아야 했다.

"······어?"

전화는 받지도 않고 보낸 메시지는 제대로 확인도 하지 않던 도훈이 웬일로 제 집 앞에 있었다.

"아니, 전화도 안 받고 답장도 안 하더니."

"내가 내 자신이 어색해."

"······품, 그걸 알긴 알아?"

전에는 질투를 인정하는 데에도 한참이 걸렸었다. 계속해서 인턴에게 집착을 하기에 이래도 질투가 아니냐고 물어도 절대 아니라고 하더니 일을 한답시고 업무적인 걸 알려 주는 것도 예민해하기에 그럼 이건 대체 뭐냐고 다분히 공적인 일인데 왜 이러느냐, 라고 묻자 그제야 질투인 것 같다는 말을 했었다. 그때에도 질투다, 가 아닌 질투인 것 같다, 로.

"그런데 미치겠어."

"뭐가."

"답장이 좀 빨리 왔으면 좋겠고, 나 이외에는 약속 안 잡았으면 좋겠고 약속이 있으면 나한테 먼저 물어봤으면 좋겠고."

"가도 되는지, 안 되는지?"

"응."

"그리고."

"또 그냥 네가 하는 연예인 이야기도 짜증 나고 나 제외하고 네가 이성에 관련한 거 말하는 모든 게 싫어."

와, 우리 아이가 달라졌어요, 가 아니라 우리 심도훈이 달라졌어요. 이런 데 보내야 하는 거 아닌가? 재성에게 최근 이런 도훈의 변화를 얘기했더니 그는 도무지 믿을 수 없다는 반응이었다. 질투하는 걸 얘기했을 때엔 저를 두고 장난하지 말라고 정색을 하기까지 했었다. 하긴, 겪고 있는 저도 가끔 이게 진짜 현실인지 분간을 못 할 때가 있으니까.

"참내. 그래서 뭐."

"절제가 안 되고 조절이 안 돼. 네가 궁금해하라고 해서 궁금한 게 아니라 진짜 궁금하다고."

피식, 웃음이 났다. 애정은 양팔을 벌려 도훈을 끌어안았다.

"미안해, 오빠. 오빠 입장에서는 서운하거나 섭섭할 수 있었겠어. 내가 생각을 깊게 못 했던 것 같아."

옛날의 내가 그랬듯이.

"속 좁아 보이는 놈 같은데 한편으론 또 불안한 거야. 그래서 가만히 있을 수가 없어서 이렇게 집 앞으로 와서 기다렸어."

"뭐가, 왜?"

"네가 이런 날 싫어할까 봐."

"안 싫어해."

"그래?"

"좀 적응이 안 되긴 하는데 그래도 괜찮아."

여전히 적응이 안 되는 것들 천지였다.

"그럼 다행이고."

도훈 또한 제게 안긴 애정을 더욱 가까이 끌어안았다.

"기특해, 그래도."

"정말?"

"응."

"앞으로도 계속 그랬으면 좋겠다."

"그럴 거야."

"진짜?"

"쭉 잘하기만 해. 전처럼 나 속상하게 만들지 말고."

"물론이지."

전에는 조금 믿을 수가 없었다. 다시 잘해 보겠다고 하는 말이
이제 와 붙잡는 변명처럼 들렸으니까. 그런데 요즘 도훈을 보았을
때 쭉 잘하기만 한다는 것에 신뢰가 생겼다. 중간이 없이 너무 과
한 경향이 없지 않아 있다고 하지만. 가령,

'아, 미안. 전화했었네. 오빠?'

용건 위주인 도훈이 용건이 있기 때문에 걸었던 거라고 여겼었
다. 그런데 들려오는 답은 그게 아니었다.

— 통화 중이던데.

'응. 그래서 오빠 부재중 들어왔기에 바로 걸었어.'

— 누구랑?

'응?'

— 누구랑 통화했어?

'아, 택배 아저씨……'

— 아, 택배?

'응. 오늘 3시쯤 배송 올 거라고……'

같은 경우라거나 또 다른 경우는,

'못 보던 블라우스다.'

'아, 이거? 새로 산 거야.'

'새로 샀어?'

'응. 예뻐?'

'예쁘지. 누가 입은 건데.'

'진짜? 다행이다.'

'왜?'

'난 또 이 색깔 나한테 안 어울릴까 봐 걱정했거든.'

'잘 어울려.'

'고마워.'

'그런데 회사 다닐 땐 입지 마, 별로야.'

마치 진심으로 별로라는 듯 고개를 절레절레 젓기까지.

'응? 방금 잘 어울린다고 했잖아. 별로야?'

'잘 어울려. 처음부터 딱 네 옷이었던 것처럼.'

'뭐야. 그러면서 왜 병원에서는 입지 말래.'

'예쁘고 잘 어울리니까 그러지.'

'그러면 좋은 거잖아.'

'난 좋지.'

'근데?'

'나 아닌 다른 누구한테도 좋을 수도 있잖아. 아니면 잠재적 다른 누구한테라든가.'

전자의 누구는 인턴인 상민을 말하는 것이었고 후자인 누구는 혹여나 저에게 관심을 보일 미지의 이성을 일컫는 것이었다. 참, 어떻게 생각을 해도 이렇게까지······.

'아무도 그렇게 안 봐. 안심해도 돼, 오빠. 그 인턴 한 명이 좀 관심 보였다고 꼭 다른 사람들도 그럴 것처럼.'

'이거 봐, 이거 봐. 또 안일하게 생각하지?'

오히려 좀 이상하게 입으면서 여심을 덜 저격해야 하는 건 본인이 아닌가? 본인은 타고난 감각 탓에 컬러 매치도 완벽하게 하고 이걸 걸쳐도 화보, 저걸 걸쳐도 화보이면서 제가 겨우, 겨우 골라서 산 블라우스는 너무 잘 어울려서 안 된다고 하다니. 이런 억지가 있을 수가 없었다.

'나 입을 옷 없어.'
'내가 사 줄게.'
'정말?'
'색깔만 다른 블라우스 같은 디자인으로 월, 화, 수, 목, 금 입고 다녀. 그렇게 다섯 벌 사 줄 테니까.'

와 같은 경우들이 그러했다. 뭔가 질투를 넘어선 집착 같다고나 할까.

"그…… 오빠 그런데 좀, 뭐…… 적당히 해도 돼."

"적당히? 그게 무슨 말인데?"

"응? 어, 그러니까…… 어, 음 그게……."

"왜, 내가 너무 너한테 목매는 것 같아? 사사건건 간섭하고 못 살게 구는 것 같아? 그래서 좀 지치고 질리는 것 같고?"

"아니, 아니. 나 그런 말 한 적 없어. 그렇게 말 안 했어."

너무 간 거 아니야?

손사래까지 치며 아니라는 애정에 도훈이 과하게 안도의 한숨을 내쉬는 시늉을 했다. 그러고서 다시 애정을 더 꽉 끌어안았다.

"내가 더 잘해 볼게, 애정아. 좀 서툴러도 다시 잘할게."

따뜻한 봄이 다 지나고 여름이 왔으니 우리 둘은 보다 더 뜨겁게, 쌀쌀한 가을이 와도 더 따뜻하게, 추운 겨울이 온다 하더라도 더 달아오르게. 변하지 않게, 춥지 않게, 그렇게. 그렇게 잘해 보자, 우리. 내가 너한테 더 좋은 사람이 될 수 있게, 너와 나의 연애가 좀 더 괜찮아질 수 있게, 그렇게. 돌고 돌아 찾은 나만의 정애정, 이젠 두 번 다시 놓치지 않을 내 정애정. 사랑해, 애정아.

— fin

괜찮지 않은 연애

1판 1쇄 찍음 2019년 3월 21일
1판 1쇄 펴냄 2019년 3월 28일

지은이 | 라임별
펴낸이 | 정 필
펴낸곳 | **(주)뿔미디어**

기획 · 편집 | 박경희, 권지영, 문지현
표지 디자인 | 우 물

출판등록 | 2002년 9월 11일 (제1081-1-132호)
주소 | 경기도 부천시 소향로 17, 303(두성프라자)
전화 | 032)651-6513 / 팩스 032)651-6094
E-mail | scarlets2012@hanmail.net
블로그 | http://blog.naver.com/dahyangs
비북스 | http://b-books.co.kr

값 7,000원

ISBN 979-11-315-9646-3 03810

Scarlet
스카렛

www.b-books.co.kr